행간을 걷다

김 솔

행간을 걷다

김솔

소설

PIN

051

차례

PIN

051

행간을 걷다

김 솔

오직 내가 희망하는 것은, 내가 떠나기 전에 나의
이 작은 방에서 궤양이나 암처럼 천천히 나를 소진시
킨 고통들을 종이 위에 기록하는 일이다. 이것이 내
생각에 질서와 규칙을 가져다줄 최선의 방법이다.
　　　　　　　　　—사데크 헤다야트, 『눈먼 올빼미』,
공경희 옮김, 연금술사, 2013, 72쪽.

뇌졸중으로 쓰러진 뒤부터 나는 둘로 나뉘었다.
오른쪽 절반은 더 이상 내가 아니고 왼쪽 절반에
만 겨우 내가 남았다. 둘로 나뉘기 전까지 나는 오
른손잡이였다. 그래서 나의 인생은 늘 오른쪽에서

시작됐다가 왼쪽으로 빠져나갔다. 오른손은 모험을, 왼손은 균형을 담당했다. 그러니 왼쪽 절반에 유폐된 나는 권태와 허무 사이를 오가다가 여생을 소진하게 될 것이다. 나에게서 사라진 오른쪽 절반의 인간이 나는 몹시 그립다. 그는 나를 통째로 지배하고 있다가 갑자기 사라져버렸다. 더 정확히 말하자면, 사라지지 않았으면서도 마치 사라진 자처럼, 가령 죽은 아버지나 헤어진 옛 애인처럼 나를 대하고 있다. 여전히 혈관과 신경이 연결돼 있고 뇌와 내장과 감각기관을 나누어 쓰고 있는데도 그는 나의 감정과 사유에 전혀 반응하지 않는다. 그렇다고 그가 죽은 건 아니다. 그가 죽었다면 나 역시 사라졌을 것이다. 나와 그는 여전히 하나의 운명에 묶여 있고 나뉘지도 않는다. 그러니 내가 살아남으려면 그에 대한 상실감까지 고스란히 보존해야 하는데 뇌졸중을 앓는 환자의 팔십 퍼센트가 삼 년을 버티지 못하고 죽는다는 연구 결과 앞에서 나의 지난한 노력이 수포로 돌아갈 것 같아 몹시 두렵다. 오른쪽 절반뿐인 그가 홀연히 나타나 왼쪽 절반뿐인 나를 말인 양 올라타고 죽살이의 경계를 향해 질주하다가 생의 마지막 허기를 느꼈을 때 말의 목을 칼로 내려칠지도 모른다.

뇌졸중 덕분에 나는 평생 배운 적 없는 프랑스어를 완벽하게 알아들을 수 있게 됐을 뿐만 아니라—다만 발성 기능의 저하로 인해 프랑스어를 유창하게 말하지 못하는 게 안타까울 따름이다—기억력마저 크게 개선됐다. 하지만 이는 환영할 만한 징후가 결코 아니다. 내 여생에 아무런 흔적도 남기지 못할 신기루가 본래면목을 심하게 왜곡할 수 있기 때문이다. 서른 살의 내게 그런 능력이 있었더라면 나는 기꺼이 생의 불리한 조건들을 힘껏 고쳐나갔을 것이다. 하지만 힘겹게 환갑에 이른 내게 회한은 생의 고통만을 기억시킬 게 분명하다. 지금보다 더 끔찍한 인생을 살지 않은 것만으로도 나는 최선을 다했다고 자부한다. 그래서 나는 새로운 능력을 사용하지 않기 위해 몸을 잔뜩 웅크리고 혀를 깊게 삼켰으며 숨을 오래 참았다. 하지만 짓누를수록 침묵은 더욱 유려해졌다. A noir, E blanc, I rouge, O bleu, U vert.*

뇌졸중이 찾아온 그 밤을 도살장의 한낮처럼 환하게 기억한다. 오후부터 극심한 한기와 두통을 느끼고 나는 퇴근 시간보다 두 시간 앞서 공장을 나섰다. 비가 내리지 않았더라면 좀 더 일찍 귀가할 수 있었겠지만 시야가 좁아진 세상을 시내버스는 능숙하게 통과하지 못했다. 거꾸로 선 칼처럼 날카로워진 사람들 사이에서 숨 쉴 공간을 찾느라 나는 너무 많은 에너지를 소모했다. 정류장에 내린 뒤에도 온갖 죄악의 역겨운 냄새가 뒤따라왔다. 네발짐승처럼 기어서 집에 도착했을 땐 이미 어둠이 집의 창자를 절반 이상 파먹은 뒤였다. 손발을 대충 씻고 나서 침대에 누웠으나 마치 알몸으로 얼음 위를 미끄러지고 있는 것 같아서 잠들 수 없었다. 주변이 너무 조용해서 무섭기도 했다. 딱딱해진 의식이 잠의 입구 앞에 겨우 도착했다고 안도한 순간 급격히 낙하하며 무중력상태로 빠져들었다. 겨자씨보다도 더 작게 줄어든 내가

* 아르튀르 랭보, 「헛소리2—지옥에서 보낸 한철」 『지옥에서 보낸 한 철』, 김현 옮김, 민음사, 1996, 89쪽.

무한한 고독 속에서 낙하를 멈추었을 때 새 한 마리가 앞발로 내 몸을 짓누르고 있었다. 소리를 지르며 도망치려 했다간 압제자의 식욕을 더욱 자극할 것 같아서 죽은 듯 꼼짝하지 않았다. 누군가의 도움이 절실했으나 주변엔 아무도 없었다. 아내는 자정을 넘긴 시간까지도 귀가하지 않고 있었다. 간절하게 아내를 부르는 소리가 지옥의 문을 두드리고 있는 사이에 골든타임이 지나갔다. 응급구조센터에 전화를 걸었으나 이미 혀가 굳어서 내 상황을 제대로 설명할 수 없었다. 전화기 너머의 목소리마저 희미해지고 있을 때 누군가 눈앞에 어른거렸다. 현관문을 부수지 않고 집 안으로 들어올 수 있는 자는 죽음의 신과 아내뿐이었다. 그리고 십 분 뒤에 구조대원들이 도착했다. 아내는 마치 머리맡에 앉아서 내가 둘로 분리되는 전체 과정을 지켜본 것처럼 구조대원들 앞에서 침착하게 행동했다. 간이침대에 실린 나를 정작 따라나서지 않으면서도 그녀는 구조대원들을 향해, 평소에 건강했던 내가 죽음보다 더 비극적인 상황에 갇히게 된다면 그건 순전히 응급 대응 시스템의 비효율성과 구조대원들의 나태 때문이라고 소리쳤다. 나는 아내의 따뜻한 배웅을 받으며 카론의 거룻배 위에서 모처럼 편안한 잠을 잤다. 입구와 출구가 모두 없는 잠이었다.

수술받는 내내 나는 누군가가 차갑고 날카로운 도구를 사용해 금고의 두꺼운 철문을 강제로 열려고 애쓰는 소리를 들었다. 내가 알아듣지 못하도록 그들은 약어나 외국어를 사용했는데, 프랑스어로 '여행Voyage'과 '밤Nuit' '감자Patate'라는 단어가 이따금 들려왔다. 문틈이 잠시 벌어진 순간 금고 안에서 무엇인가가 맹렬한 속도로 빠져나갔으나 내 의식은 철문에서 먼 곳에 고여 있었기 때문에 상실한 것들의 정체를 미처 파악할 수 없었다.

찌꺼기로 혈관 곳곳이 막혀 있다는 사실을 전혀 알지 못하는 심장이 너무 많은 양의 피를 힘껏 보내는 바람에 머릿속이 피 웅덩이로 변했다고 의사는 설명했지만, 나는 시한폭탄이 원래부터 뇌 조직 안에 설치돼 있다가 적절한 때 폭발한 것이라고 이해했다. 한꺼번에 죽이지 않고 조금씩 죽이고 있는 이유는 죽음의 신만이 알고 있을 것인데, 그걸 굳이 알고 싶진 않다.

뇌졸중이 발병한 게 아내의 잘못은 결코 아니지만, 골든타임을 놓쳐 심각한 수술 후유증을 얻게 된 데에는 아내의 책임이 크다. 회복실로 돌아온 내 목구멍 속으로 뜨거운 버섯 수프를 흘려보내주고 있는 아내는 지옥의 문을 두드리는 내 전화를 왜 받지 않았는지 전혀 설명하지 않았다. 그 대신 의사 앞에서 마치 뜨거운 눈물에 화상을 입은 자처럼 비통한 표정으로 나의 미래와 치료 방법을 물었다. 의사는 위안이랍시고, 신은 주사위를 던져서 인간의 운명을 결정한다고 말했다. 그 대답이 아내를 기쁘게 만들었다. 그래서 의사가 사라지자마자 그녀는 수프 그릇을 탁자에 내려놓고 숟가락을 자신의 주머니에 찔러 넣은 채 반나절 동안 자리를 비웠다. 나는 숟가락 없이 수프를 먹으려 하다가 기어이 옷에 쏟고 말았다. 꽃을 들고 병실로 돌아온 아내는 나를 경멸하듯 내려다보며 차갑게 웃을 뿐 아무런 조치도 취하지 않다가 간호사가 나타나자 비로소 위선의 욕망을 회복하고 내게 갈아입힐 깨끗한 환자복을 요구했다. 세제 냄새가 허기를 자극했다. 아내는 수프 대신 화병의 물을 내 목구멍에 쏟아부었다. 그때 의사라도 불쑥 나타났다면 그녀는 힘없이 바닥에 주저앉으면서, 머리를 끊임없이 흔들어대는 환자에게 물 한 모금 먹이는 것이 너무 거룩하지만 고단한 일이라고 울먹이면 그만이었다. 하지만 철제 금고의 비밀번호를 알아내기 전까지 아내가 나를 버리는 사건은 절대로 일어나지 않을 것이다. 이 확신을 검증하기 위해 나 역시 신과 번갈아 주사위를 던지고 있다.

나는 사십여 년 동안 철제 금고를 만들면서 자신의 재산이나 비밀을 숨기고 싶은 고객들을 만족시켜왔다. 그들은 자신 이외엔 아무도 열 수 없는 금고를 요구했다. 하지만 아무도 열지 못하는 금고는 존재해도 오직 한 사람에게만 열리는 금고를 만들 수는 없다. 왜냐하면 닫힌 문은 반드시 열리는 구조로 설계되기 때문이다. 지문이나 홍채와 같은 생체 정보로 금고를 여닫는 기술은 이미 널리 사용되고 있지만 소장자의 신변에 갑작스러운 문제가 발생할 경우를 대비해 강제로 문을 열 수 있는 장치가 숨겨져 있다. 음험한 금고 앞에선 누구나 자신의 행운을 시험해보고 싶어 해서, 실패를 거듭하다 보면 금고를 만든 기술자조차 전혀 알지 못한 결함이 커지며 종국엔 금고 문이 열리고 만다. 나의 아내도 이 사실을 너무나 잘 알고 있어서 내가 출근한 뒤로 매일 한나절씩 금고 앞을 서성거리고 있는 것이다. 엉터리 비밀번호를 한 번 더 누른다면 금고의 문이 영원히 닫히게 된다는 경고에도 그녀는 계속해서 자신의 행운을 시험하고 있다—아내를 위해 자동 잠금 기능은 해제시켜놓았다—. 그런데도 아내와의 주사위 게임에서 매번 내가 이길 수 있는 까닭은 그녀가 시행착오를 통해 배울 수 있는 것들을 지레 포기하기 때문이다. 낙담한 아내의 입에서 고약한 욕지거리가 쏟아져 나올 때마다 지옥의 문이 힘없이 열린다.

수년 전 런던의 십오 층 빌딩 하나가 전소돼 수

백 명의 사상자를 냈다. 빌딩을 해체하는 과정에서 멀쩡한 금고 대여섯 개가 발견됐으나 문을 열고 주인을 확인할 수가 없어서 유실물 보관소로 보냈다는 뉴스가 사람들의 입에 오르내렸다. 그것 중에 적어도 두 개를 내가 만들었다. 쓰나미가 휩쓸고 간 후쿠시마 곳곳에서도 수천 개의 금고가 수거됐다. 자식이 없거나 은행을 믿지 못하는 늙은이들은 자신의 여생을 금고 안에 넣어두고 조금씩 꺼내 쓰고 있었던 것이다. 경찰들이 중장비까지 동원해 금고의 문을 열었더니 수십억 엔의 현금과 보석들이 쏟아져 나왔다. 그중 일부가 원래의 주인들에게 무사히 되돌아갔다는 뉴스는 일반 시민들을 감동시켰을지는 몰라도 금고 주인들과 금고 제작자들을 당혹스럽게 만들었다. 금고의 문은 소장자의 의지 외 어느 자극에도 결코 반응해서는 안 되기 때문이다. 용케 재산을 되찾은 자들에겐 더욱 견고한 금고가 필요해졌을 텐데, 런던에서 입증된 나의 명성이 후쿠시마까지 알려지는 데 그리 오랜 시간이 필요할 것 같진 않다.

자신의 재산이나 비밀을 누구에게 빼앗기느니 차라리 없애고 싶어 하는 고객들을 위해 나는 금고의 문 안쪽에 기폭 장치와 센서들을 설치해놓았다. 도둑이 금고의 문을 강제로 열거나 옮기려고 하는 즉시 문에 설치된 액정에 경고 문구가 표시되고 금고 주인에게 위험 신호를 보낸다. 주인은 금고에 부착된 센서들을 통해 상황을 파악하다가 더 이상 불운을 막을 수 없겠다고 판단하면 휴대전화로 기폭 장치를 작동시킨다. 하지만 금고는 탱크에 짓눌려도 변형되지 않을 만큼 튼튼하고 완벽하게 밀폐돼 있어서 외부에선 내부의 상황을 전혀 감지할 수 없다. 천신만고 끝에 금고의 문을 열더라도 온전히 남아 있는 것이 없을 테니 도둑은 분노와 허탈감을 참지 못하고 자살을 시도할지도 모른다. 인간의 어리석음을 조롱하기 위해 나는 금고 내부에 성서의 한 문장을 조그맣게 새겨두었다. '두려워 말라. 내가 너와 함께 함이니라.'**

** 「이사야」 41장 10절

금고를 만든 기술자만큼은 자신이 만든 상품을 마음대로 열어젖힐 수 있다고 확신한 사람들이 나를 찾아와 은밀한 사업을 제안했지만, 소장자가 최종 비밀번호를 확정한 금고는 이 세상에 존재하지 않는 물건과 같아져야 한다고 굳게 믿는 나는 단호하게 거절했다. 비밀번호를 깡그리 잊어버린 소장자들을 위해 내가 베풀 수 있는 호의라고는 기폭 장치를 작동시킨 금고의 문틈을 프레스 기계로 겨우 벌려서 내부를 확인시켜주는 것뿐이다. 부주의한 고객들이 내가 지켜보는 앞에서 금고의 비밀번호를 설정할 때도 나는 눈을 감거나 고개를 돌렸다. 이런 처신 덕분에 사십 년 동안 이 직업을 유지하면서 누옥을 마련하고 결혼까지 할 수 있었다. 집 안에는 내가 만든 금고가 두 개나 놓여 있다.

내가 아침 일곱 시에 공장으로 출근해서 저녁 여섯 시까지 금고를 만드는 동안 아내는 집 안의 금고를 수시로 확인했다. 그래서 나는 주기적으로 비밀번호를 바꿔야 했는데 이것은 일종의 게임이자 대화였다. 비밀번호를 알아내기 위해 아내가 나와의 추억을 더듬어보거나 내 물건들을 뒤지고 있다고 상상하니 정수리에서 발끝까지 전율이 오르내렸다. 나와 아내도 한때 상대방의 전부를 독차지하기 위해 필사적으로 버둥거렸다는 사실을 반복해서 떠올리다 보면 파국을 피하거나 늦출 수 있지 않을까. 아내가 새로운 운명으로 건너갈 수 있는 유일한 통로라고 굳게 믿는 금고 안에는 내 유언장과 이혼신고서, 그리고 또 다른 금고 하나가 더 들어 있다. 내 전 재산은 은행에 안전하게 보관돼 있다가 내 유언장의 상속자에게 전달될 것인데, 이혼신고서가 유언장보다 먼저 세상에 나오는 걸 절대로 원치 않는다. 두 번째 금고의 보안장치는 아이들조차 쉽게 열 수 있을 만큼 허술하지만, 첫 번째 금고 앞에서 충분히 고통받은 자라면 두 번째를 여는 데에도 많은 실패와 인내를 요구받을 수밖에 없다.

이혼 전에 내가 먼저 죽는다면 나의 법률 대리인은 아내가 보는 앞에서 두 개의 금고를 차례로 열어 보일 것이다. 첫 번째 금고 안에는 유언장과 두 번째 금고만 들어 있다. 아내는 내 유언장을 읽고 크게 실망하겠지만, 두 번째 금고 안에 넣어둔 다이아몬드 반지로 서운한 마음이 조금이나마 누그러질 것이라고 확신한다. 내가 죽기 전에 아내와 이혼하게 되더라도 아내는 그 반지를 받게 될 것이다.

만약 아내가 기적적으로 첫 번째 금고를 열고 내 유언장과 이혼신고서를 차례대로 발견하게 된다면 당연히 이혼신고서부터 없앤 뒤 유언장을 수정하려 할 게 뻔하다. 그리고 두 번째 금고마저 열려고 할 텐데, 위험 신호를 전달받은 나는 휴대 전화로 기폭 장치를 작동시킬 것이다. 그렇더라도 다이아몬드는 열기와 충격을 견뎌내고—반지를 이루는 금은 고열에 녹아 형체를 잃었을 것이다— 아내에게 발견되겠지만 조만간 그걸 급히 헐값에 팔아야 할지도 모른다. 왜냐하면 내 법률 대리인은 이혼신고서를 법원에 제출하면서 막대한 위자료를 청구할 터이니 내가 제시한 물증들을 부정하려면 수임료가 높은 변호사를 선임해야 할 것이기 때문이다. 그러니까 내가 죽거나 이혼하기에 앞서서 첫 번째 금고가 열리는 건 나와 아내 모두에게 지극히 불행한 사건일 수밖에 없다. 나는 그 사실을 알리고자 장모가 살해당한 장소의 GPS 좌표로 비밀번호를 설정했다.

살인 현장에서 체포된 노숙자의 동기는 명백했다. 평소 불법 체류자들과 가깝게 지내면서 자신을 대신해 장모를 살해할 자를 직접 골랐다는 세간의 소문을 부정하기 위해 나는 거짓말탐지기 조사까지 받았으나, 세상의 모든 사위들이 세상의 모든 장모들에게 지닐 수 있는 서운함 이상의 적의는 발견되지 않았다. 무고함을 입증하려 하면 할수록 시궁창으로 더 깊게 빠져드는 역설에서 벗어나기 위해 나는 영안실에서 장례식장에 이르는 나흘 내내 침묵한 채 식음을 전폐하다가 기어이 의식을 잃고 쓰러졌다.

장모는 자신의 딸이 언제라도 나와 이혼하고 새로운 인생을 시작하길 원했기 때문에 출산과 같은 불가역적인 사건이 일어나는 걸 극도로 경계했다. 하지만 나는 오히려 아내에게 생겨나지 않은 아이가 장모의 인생을 파괴했다고 믿었다. 그래서 장모의 장례식을 마치자마자 아내에게 아이를 갖자고 제안했는데, 그녀는 마치 제 어머니의 살인범과 마주친 것처럼 공포와 분노가 뒤섞인 표정으로 몸을 공처럼 웅크리면서, 유산을 하거나 기형아를 낳을까 두려우니 깊은 상실감이 누그러질 때까지 기다려달라고 읍소했다. 지금 생각하니 아내는 그때 이미 나와 헤어지는 것이 자신의 어머니에 대한 죄책감을 덜어내는 유일한 방법이라고 판단했던 것 같다.

아버지가 없는 딸을 낳아 혼자서 키운 장모는 상반된 두 가지의 삶을 한꺼번에 살았다. 어떤 돈벌이에도 윤리적 잣대를 들이대지 않은 채 드잡이나 욕설을 서슴지 않았으나, 일단 귀가하면 한없이 자상하고 헌신적인 모습으로 딸의 식사를 챙기고 동화책을 읽어주었다. 딸만큼은 고귀한 사람들과 불멸의 가치들 속에서 자라면서 자신이 박탈당한 인생까지 대신 살아주길 희망했다. 그러기 위해 자신이 더욱 낮고 비루한 세계로 걸어 내려가야 한다면 기꺼이 그러겠다 마음을 다잡았다. 하지만 그토록 애지중지하게 키운 고명딸이 자신보다 서른 살이나 많은 사내, 그것도 부자나 학자가 아닌 노동자와 결혼하겠다 말했을 때 장모는 또다시 자신이 둘로 나뉘는 고통을 느꼈다. 겉으로는 딸의 선택을 무조건 존중해주는 척하면서도 비밀리에 깡패들을 내게 보내 협박했다. 고통이나 죽음 따위 전혀 두렵지 않았으나 한 인간이 평생을 바쳐온 희망을 무참히 깨뜨리고 싶지 않았기에 나는 파혼을 진지하게 고민했다. 하지만 자살 소동까지 벌이며 저항하는 딸의 의지를 장모는 끝내 꺾을 수 없었고 나 역시 신과의 주사위 게임에 순순히 참여해야 했다. 아내는 자신이 내린 모든 결정이 항상 존중받길 원했고—또는 제 어머니에게서 그렇게 배웠고— 내 반응이 시큰둥하다고 느꼈을 땐 모욕감을 억제하지 못하고 식기를 깨거나 음식을 태웠다. 그런 상황이 잦아지면서 나와 아내의 결혼 생활은 더욱 위태로워지고 있는데도 그

녀는 자신이 여전히 천국의 여왕으로 군림하고 있
는 것처럼 제 어머니에게 가들막거렸다.

아내는 나와 이혼하고 현재의 정부와 결혼하겠
다는 결정이 합법적인 절차에 따라 처리되길 원했
다. 하지만 제 어머니가 일면식도 없는 노숙자에
게 살해당한 뒤부터 그녀는 낯선 사람들과의 접촉
을 피한 채 홀로 집 안에 오래 머물렀을 뿐만 아니
라 자신의 의견이나 감정을 밖으로 거의 드러내지
않았다. 나의 혐의가 지워진 뒤에도 아내는 여전
히 나를 살인범으로 취급하면서 나로부터 점차 멀
어져갔다. 그러다가 우연히 집 안에서 금고를 발
견하자—사실은 내가 아내에게 주사위 게임을 제
안할 목적으로 그것의 존재를 뒤늦게나마 알린 것
인데 아내는 그것이 두 개라는 사실까진 알아채진
못했다— 그녀는 감각과 이성을 단숨에 회복했
다. 금고 속에 들어 있을지도 모를 재산이 결혼 생
활을 조금도 개선하지 못했기 때문에 적어도 내겐
그것이 더 이상 필요하지 않다고 아내는 생각했을
것이다.

결코 소장자의 의지 이외엔 반응하지 않을 금고 덕분에 당나귀 같은 내가 아내의 일생을 등에 신고 연옥을 건너갈 수 있게 됐나 싶었는데, 신이 어느 날 갑자기 내 정수리를 도끼로 내리쳐서 둘로 쪼개는 바람에 아내는 미처 연옥을 빠져나가지 못한 채 두 마리의 당나귀를 돌봐야 하는 목축견 신세로 전락하고 말았다.

오른쪽 절반이 나의 무덤이라면 그동안 나를 괴롭혔던 회한과 무력감을 모두 그곳에 파묻을 것이다. 왼쪽 절반뿐인 나는 지금부터 어린아이나 성자의 삶을 살아가겠다.

의사는 내가 발병 후 삼 년 넘게 생존하는 이십 퍼센트 부류에 속할 수 있을지 확신하지 못했다. 그런데도 공기가 맑고 인적이 드문 곳으로 이사해서 매일 네 시간 이상 육체적인 활동을 해야 한다는 충고를 이어갔다. 앉아만 있으면 곧장 죽을 것이고 걸어야 겨우 살 수 있다며 겁까지 주었다. 하지만 앉아서 평화롭게 맞이하는 죽음과 필사적으로 걸어야만 겨우 유지되는 삶 중에서 어떤 것을 내가 희망하는지는 묻지 않았다. 어쩌면 내가 장기 기증 서약서에 서명하지 않은 채 몰래 자살할까봐 걱정했는지도 모르겠다. 하지만 몸속에 이미 무덤을 만든 자가 죽음을 맞이하려고 서두를 이유는 없다. 제 무덤을 튼튼하게 다지는 일만으로도 여생은 부족할 테니까 말이다. 게다가 난 이 도시를 떠나거나 직장을 그만둘 생각도 없다. 반쪽만 남은 몸으로 철판을 매끄럽게 자르고 기폭 장치를 설치하는 작업은 불가능하겠지만 최종 기밀 테스트 정도는 도맡을 수 있을 것 같았다. 사십여 년 동안 동고동락해온 사장도 나의 고난에 일말의 책임을 느끼고 내 요구 사항을 들어주었다—아내를 내게 처음 소개해준 이가 바로 사장이다—. 출근 시간은 예전과 다름없지만 두어 시간 일찍 퇴근하는 조건으로 나는 다시 일을 시작했다. 하지만 뇌졸중을 앓기 전까진 아무것도 아니던 일들, 가령 사물함을 열쇠로 여는 일이나 작업복을 갈아입는 일, 출퇴근 일지에 이름을 기록하거나 전화번호를 정확히 누르는 일, 탁자를 흔들지 않고 식사를 마무리하는 일, 그리고 화장실에 다녀오는 일 따위에 너무 많은 시간과 정력을 쏟아야 했기에 한 달에 고작 한두 번 기밀 테스트에 참석하면서도 의자 위에 앉아서 졸기만 했다.

그러니 뇌졸중을 앓고 있는 노동자가 출근 시간을 맞추려면 평소보다 두 시간이나 일찍 집을 나서야 했다. 시내버스에 간신히 올라탄 나는 잔뜩 긴장한 표정으로 느리게 걸으면서 중심을 잡아야 했는데, 의자에 앉아 있던 승객들은 연민보다 경멸의 감정을 숨기기 위해 애써 나를 외면했다. 그러다가 자신 앞으로 굴러온 시한폭탄을 안전하게 처리하기 전까진 결코 시내버스가 출발하지 않을 것이라는 사실을 알아챈 자는 자신의 불운을 탄식하면서 마지못해 자리에서 일어났다. 내 주검이 실린 장의차에 올라탄 것 같은 침통한 분위기를 견디지 못하고 나는 목적지로부터 제법 먼 곳에 내려서 하천을 따라 걸었다. 그것이 거의 끝나가는 곳에서 다시 시내버스를 타면 십 분 안에 공장에 도착할 수 있었다. 일주일쯤 지나자 나는 집에서 공장까지 하천을 따라 걸어갔는데, 경로에 익숙해진 덕인지 아니면 건강을 다소 회복한 덕인지 출근 시간이 삼십 분 남짓 줄어들었다. 하지만 그것도 잠시뿐이었고 하천변을 따라 늘어선 나무들이 형형색색의 꽃들로 상춘객들을 불러 모으면서 출근길의 고행은 세 시간 이상 이어지기도 했다. 폭우나 시위대로 퇴근길이 막힐 것 같은 날에는 이주 노동자를 위해 공장 구석에 마련돼 있는 간이숙소로 퇴근하기도 했다.

원래 그 하천은 거룻배를 타고 건너야 할 정도로 폭이 넓고 수심도 깊었다. 백여 년 전 외국 상선 한 척이 폭풍우를 피해 그 하천을 따라 거슬러 올라오면서 이곳에 근대의 역사가 시작됐다. 호기심 많은 원주민들은 이방인들을 극진히 환대했지만 단조로운 생활에 싫증이 난 이방인들은 원주민들을 살해하고 귀중품을 훔쳐서 고향으로 돌아갔다. 그리고 자신들이 저지른 범죄를 숨긴 채 황금제국에 대한 환상만을 널리 퍼뜨렸다. 이에 고무된 국

왕이 군대를 보내 이곳을 점령하고 자신의 영토에 병합했다. 식민지를 운영하려는 세력과 그들에게 동조하는 세력, 그리고 저항하는 세력이 부딪히면서 반백 년의 역사는 오십 권의 역사책에조차 담길 수 없을 만큼의 분량으로 늘어났다.

본국에서 부르주아지들이 혁명을 일으켜 공화국을 수립하고 해외의 식민지 운영을 스스로 포기하는 바람에 원주민의 땅은 갑작스레 독립을 맞이했으나, 매국한 자들에게 정의를 가르쳐주어야 한다는 세력과 미래를 위해선 협력이 필요하다고 주장하는 세력이 내진을 벌이면서 해방의 환희는 사라지고 말았다. 전자에겐 명분만 있을 뿐 조직과 인원과 자금이 없었고, 후자는 정반대였다. 초반엔 전자가 승리하는 것 같았으나 교전이 줄어들면서 후자의 위세가 회복됐다. 두 세력 사이에서 고통받던 국민들은 역사가 변증법적으로 진보하고 있다는 증거를 어디에서도 찾을 수 없었다. 결국 군부가 후자를 지원하면서 십여 년 동안이나 지속된 전쟁은 끝이 났다. 평화 정착 이후 모든 정치적 활동을 중단하겠다는 약속을 깨고 군부는, 식민

시절에는 독립투사들을 탄압하고 내전 동안 반군의 부역자들을 학살했던 장군을 대통령으로 추대했다. 새로운 대통령은 화합과 번영의 기치를 내세웠으나, 그에게 민주주의는 방종이었고 전통은 악습에 불과했으며 상처를 치유하는 데 망각 이외의 특효약은 없었다. 그의 권위에 저항하는 자들은 모두 감옥에 갇히거나 죽거나 추방됐다. 정적들이 사라지자 독재자는 건물과 도로와 교과서와 헌법과 역사책을 모조리 바꾸었다. 하천 양쪽에 길게 펼쳐져 있던 밀밭이 사라지고 콘크리트 건물이 들어찼다. 매년 폭우로 하천이 범람할 때마다 요란스러운 정비 사업이 반복되면서 바짓단을 걷은 채 걸어서 건널 수 있을 만큼 하천의 폭은 좁아지고 수심도 얕아졌다. 하지만 콘크리트 건물들에서 흘러나오는 오물이 모두 하천으로 흘러들었기 때문에 아무도 그곳에 발을 담그려 하지 않았다. 악취가 진동하고 잔혹한 범죄까지 잇따르자 그것이 마치 하천변의 판잣집에 살고 있는 자들의 잘못이라도 되는 양 공무원들은 무자비한 폭력으로 그들을 쫓아내고 아스팔트로 하천을 덮은 뒤 도로와 연결했다. 그 위에는 고가다리가 들어섰다. 고급 백화점들 사이로 외국산 자동차들이 오가면서 군부가 추진한 근대화 계획은 성공하는 것 같았다. 하지만 민주주의와 전통과 상처를 기억하고 있는 국민들이 독재자와 군부에 조직적으로 저항하기 시작하면서 화려한 거짓 속에 숨겨진 추악한 진실이 드러나기 시작했고, 몇 가지의 기억할 만한 사건들—고문, 폭로, 점거, 진압, 배신, 선언, 석방 등—이 연쇄적으로 발생하더니 결국 대통령이 최측근에게 암살당하고 말았다. 야당 정치인들이 새로운 제도와 명분을 구축하고 있는 사이에도 군인들은 두 차례나 쿠데타를 도모했다가 실패했다.

독립한 지 삼십 년 만에 민주적 선거가 실시됐지만 이전 시대와 확연히 절연할 수 있는 인물이나 공약은 등장하지 않았다. 건설업체 사장 출신의 대통령은 자신의 지혜와 경험만으로 재임 기간 안에 세계 최고 수준의 민주주의를 완성할 수 있다고 공언했다. 그러기 위해선 헌법과 역사책을 개정하는 일보다 도시를 정비하는 과업이 더 급선

무라고 주장했다. 취임 첫 기자회견에서 그는 군
부 독재 시절에 사라진 하천을 복원하겠다고 발표
했다. 반세기 동안 인구가 폭발적으로 늘어나면서
도시 아래의 수원水原이 완전히 메말랐기 때문에
하천이 더 이상 흐를 수 없다는 전문가들의 반대
에도 불구하고 대통령은 뜻을 굽히지 않았다. 그
는 고가다리를 무너뜨리고 도로의 콘크리트를 걷
어낸 뒤 하천과 연결돼 있던 하수구를 모조리 막
았다. 하천 바닥에서 수 세기 전의 유물들이 발견
되자 공사 방법과 기간을 변경해야 한다는 여론
이 거세게 일었지만 건설업체는 일용직 노동자들
을 동원해 유물들을 인근 폐기물처리장으로 옮기
고 하천 바닥을 시멘트로 덮었다. 불법 작업은 인
적이 뜸한 야간에 집중됐다. 공사 도중에 죽거나
다친 노동자들의 숫자는 끝까지 알려지지 않았다.
하천을 따라 콘크리트 축대와 산책길이 이어지고
식수대와 벤치가 듬성듬성 설치됐으나 전통과 편
의성 중 어느 하나 충족시키지 못했다. 준공일 전
날까지도 바닥이 드러나 있던 하천이 다음 날 아
침이 되자 마법처럼 물소리로 채워졌다. 그 마법

의 비밀은 곧 밝혀졌는데, 그 하천에서 수 킬로미터 떨어져 있는 도나우강까지 지하 수로를 뚫고 펌프로 강물을 끌어왔던 것이다. 큰비가 내리면 도시의 우수관으로 흐르던 빗물이 그 하천으로 합류된다는 사실도 나중에 밝혀졌다. 그것이 하천의 바닥과 양쪽 산책길을 시멘트로 덮은 이유였다. 환경단체의 격렬한 항의는 경찰들의 곤봉과 방패에 묵살됐다. 복원 공사에 사용된 기암괴석과 고목 대부분을 국립공원에서 불법으로 채취했다는 조경업자의 양심선언에도 정부는 자세를 낮추지 않은 채 실정법을 어긴 자들은 지위고하를 막론하고 엄벌하겠다는 성명을 발표했을 따름이다. 준공식에 참석한 대통령은 굴곡진 근대사가 이로써 정상으로 회복됐다고 여러 차례 강조했지만, 콘크리트 농수로 같은 하천에다 그런 거창한 의미를 부여하는 데 동의하는 역사가는 거의 없었다.

하천 복원 공사가 진행되는 내내 시위는 끊이지 않았다. 빈민들은 생존의 위기감으로 버둥거렸고 부동산 소유주들은 자신들의 정당한 권리가 훼손

되는 상황을 묵과하지 않았다. 두 부류의 시위대는 수시로 부딪쳐 많은 사상자를 냈지만 정작 공사가 마무리됐을 땐 어느 쪽도 승리하지 못했다. 정부가 환경보호를 이유로 하천 주변의 개발을 금지하면서 부동산 가격이 폭락했기 때문이다. 부동산 소유주들은 늦게나마 반정부 시위를 주도했다가 싸늘한 여론에 떠밀려 재산을 헐값에 처분하지 않을 수 없었다.

빈민들은 실정법의 맹점에다 은밀하게 은신처를 만들 수 있는 능력을 하나같이 지닌 것 같았다. 철거 예정인 건물들이 폐쇄된 뒤에도 마땅히 갈 곳이 없는 세입자들은 결기를 품고 제자리에서 버텼다. 그들은 복도와 옥상에다 조그만 텃밭을 만들어 양배추와 치커리, 가지와 토마토, 심지어 당근과 감자까지 심었다. 철마다 모습을 바꾸는 식물들을 통해 그들은 시간을 감지했다. 하지만 작물을 수확하기도 전에 철거반이 들이닥치자 그들은 억울한 마음에 건물의 모든 수도꼭지를 틀고 전기 스위치를 올렸다. 정체를 알 수 없는 쓰레기들이 죽은 물고기처럼 건물 안을 떠다녔고 불길

한 불꽃과 소리가 곳곳에서 나타났다 사라지길 반복했다. 세금 고지서를 확인하고 기함한 건물주는 범법자들이 사유지를 점유하는 동안 적절한 행정 조치를 취하지 않은 관공서를 상대로 손해배상 소송을 진행했다가 패소하고 과태료까지 추가로 납부해야 했다.

어느 날 아침 하천의 물고기들이 배를 드러내 보이며 수면 위로 떠올랐다. 경찰은 누군가 일부러 독극물을 하천에 흘려보냈다고 확신하고 탐문 조사를 시작했다. 인근 건물에 세 들어 사는 평범한 가장이 범인으로 지목됐다. 변변찮은 월급으로 노모와 세 명의 자식을 부양하던 그는 월세를 갑자기 두 배로 올리겠다는 집주인을 찾아가 읍소하거나 윽박질러봤지만 결정을 돌릴 수 없었다. 술에 거나하게 취해 귀가하던 그 남자는 문득 엉뚱한 생각에 사로잡혔다. 하천이 예전처럼 악취와 찌꺼기로 가득 채워진다면 부동산 가격은 크게 떨어질 테니 자신처럼 가난한 자들이 쫓겨나지 않을 수도 있을 것 같았다. 그래서 어둠을 틈타 농약을 하천에 흘려보냈다는 것이다. 그의 딱한 사정이 세상에 알려졌을 때, 범인을 동정하는 자들과 범죄를 비난하는 자들이 거의 대등하게 맞섰다.

하천이 다시 흐르게 되면서 도시의 매연과 소음이 과거의 절반 수준으로 줄어들었고 한낮의 평균 온도도 크게 내려갔다고 정부는 홍보했다. 나팔수 언론들은 그곳을 상징적 명소로 부각하기 위해 주변의 볼거리와 먹을거리를 앞다퉈 소개했다. 전국에서 몰려든 관광객들로 하천의 안팎은 매일 북적였는데 정부의 지원금을 챙긴 여행사들은 늙은이들과 학생들을 관광버스로 태워 날랐다. 심지어 지역별로 할당된 방문객 숫자를 채우기 위해 공무원들마저 신분을 감춘 채 평일 하천 주변을 어슬렁거리기도 했다. 하지만 언론 보도 내용과는 달리 너무 작위적인 조경과 조악하기 이를 데 없는 조형물, 턱없이 부족한 편의시설, 여전히 기세등등한 매연과 더위, 오류투성이인 안내판, 벤치마다 득실거리는 소매치기, 주변 상가들의 바가지요금과 불친절 등에 크게 실망한 관광객들은 두 번

다시 그곳을 찾지 않았다. 그래서 준공한 지 반년 쯤 지나면서부터 하루에 고작 백여 명도 채 안 되는 행인들만이 눈에 띄었다.

정치적 위기에 직면할 때마다 대통령은 비서진과 기자들을 데리고 하천에 나타나 산책했다. 그러면 다음 날 어김없이 개헌과 연임에 관한 신문 기사가 쏟아져 나왔다. 하지만 대부분의 국민들은 대통령이 건물을 세우고 부수는 일에만 적임자일 뿐 과거를 이해하거나 미래를 예측할 능력이 전혀 없다고 판단했다. 대통령 역시 자신의 권력이 오로지 군부의 맹목적인 충성과 기득권층의 복잡한 이해관계 덕분에 겨우 유지되고 있다는 사실을 잘 알고 있었다. 어느 날 하천변을 산책하던 대통령은 환경단체 회원들에게 달걀과 밀가루로 공격받았는데, 선량하지만 무력한 늙은이의 모습이 다음 날 주요 신문 일 면에 실렸다. 공권력에 대한 저항을 더 이상 방관하지 않겠다는 정부의 담화가 발표되자마자, 마치 명령을 기다렸다는 듯이 경찰들은 정권에 적대적인 자들을 체포하기 시작했고 개

헌과 연임을 지지하는 시위가 전국에서 동시에 일
어났다. 여당 국회의원들이 개헌안을 졸속으로 만
들어 본회의에 상정했을 때만 하더라도 역사가 그
들의 기대와는 정반대로 움직일 것이라고 예상한
자들은 거의 없었다. 하지만 정의로운 기자들의
노력과 용기 덕분에, 그날 하천변에서 시위를 주
도했던 환경단체의 정체가 수상할 뿐만 아니라 친
정부 성향의 단체들이 시위 참석자들에게 일당을
지급했다는 사실이 밝혀지면서 정국은 급변했다.
야당 정치인들과 지식인들은 대통령 탄핵을 주장
하며 수십 일째 가두시위를 진행했고 노동자들은
연쇄 파업으로 동조했다. 정부와 군부에서마저 이
탈자들이 대거 등장하면서 정권은 더 이상 제대로
작동할 수 없었다. 기자회견을 자처한 대통령은 국
민 대통합을 위해 개헌을 포기하고 정적들을 조건
없이 석방하겠다고 약속했지만 그의 천박한 언어
는 오히려 시위대의 규모를 두 배로 늘리는 역효
과를 낳았다. 결국 그는 군부의 중재로 권좌와 목
숨을 간신히 맞바꿀 수 있었고, 퇴임한 뒤 죽을 때
까지 단 한 차례도 하천 주변에 나타나지 않았다.

정권이 바뀌자 하천은 이전 정권의 사산아로 간주돼 버려졌다. 오욕의 역사를 지우기 위해서라도 하천을 다시 아스팔트로 덮고 관광용 트램을 운행하자는 주장이 정치권에서 흘러나왔으나, 새로운 정부는 이전 정권의 과실을 조사하고 관련자들을 단죄하느라 정작 여론을 살필 여유가 없었다. 하천의 미래를 두고 환경단체들조차 두 부류로 나뉘어 대립했다. 여러 차례의 지루한 공청회를 거듭한 끝에 최소한의 비용을 들여 하천을 현재처럼 유지하기로 결정되자 비로소 시민들은 정치적 성향을 드러내지 않고서도 산책과 휴식을 즐길 수 있게 됐다. 이를 기념하려는 정부의 공식 행사는 없었고 스포츠용품 회사가 걷기대회를 주최한 게 전부였다.

유감스럽게도 나는 그 걷기대회에 참석하지 못했다. 왜냐하면 그때 나는 일 년 뒤에 뇌졸중을 앓게 될 것이라고는 전혀 상상할 수 없었기 때문이다. 뇌졸중을 앓은 환자의 팔십 퍼센트가 삼 년을 버티지 못하고 죽는다는 사실도 몰랐고, 꾸준한 산책이 연명에 도움이 된다는 사실을 몸소 증명해야 할 이유도 없었다. 설령 일 년 전 누군가 나와 함께 하천변을 걸으면서 내 미래에 대해 귀띔해주었더라도 나는 일 년 뒤 찾아올 비극을 막지 못했을 것이다. 평탄하지 않은 인생에서 제 손발을 부지런히 부리지 않고선 단 한 가지도 순탄하게 이뤄지지 않았으므로, 식단을 조절하고 운동 시간을 기록할 여유가 없었다. 게다가 자신의 어머니가 세상을 떠난 직후로 아내는 이 도시에 사는 남자들의 절반과 연애를 즐기느라 매일 오후에 집을 나갔다가 새벽에 귀가하고 있었으므로 나는 수년째 단 하루도 마음 편히 잠들지 못하고 있었다. 이혼할 만큼 아내를 증오하거나 도살할 만큼 그녀를 사랑하지 않는다는 딜레마가 뇌졸중을 부추긴 건 아니었을까.

지금이라도 그 딜레마에서 벗어날 수만 있다면 나는 당장 오른쪽 절반의 무덤을 바닥에 질질 끌고서라도 지중해의 휴양지로 떠날 것이다. 그곳에서 식음을 전폐한 채 온종일 수영하면서 타나토스의 도끼가 내 정수리에 박히는 순간을 묵묵히 기다릴 것이다. 바닷속으로 천천히 가라앉으면서 물고기들이 내 육신의 어느 부분을 가장 먼저 먹어치우고 어느 부분을 마지막까지 남기는지 확인하고 싶다. 내게서 가장 먼저 사라진 부위가 사랑을 주관했고, 가장 마지막까지 남은 것들은 증오의 찌꺼기라고 굳게 믿겠다.

　왼쪽 절반뿐인 나는 겨우 돌이 지난 아이처럼 걷고 움직이고 말한다. 마음대로 몸을 움직이지 못한다는 것보다 마음이 이미 도달해 있는 곳에 몸이 미처 닿지 못한다는 사실이 더 고통스럽다. 어린 시절의 리듬과 호기심을 회복하지 못한다면 재활은 불가능할 것 같았다. 그래서 수영이나 자전거를 처음 배우던 시절을 떠올리려고 애썼지만 기억은 단단한 암흑을 뚫고 한 치도 전진하지 못했다. 심지어 나는 열 살이 될 때까지 어머니의 몸속에서 자라다가 사소한 실수로 세상에 나온 것 같은 착각에 빠져들기도 했다. 신경안정제는 육신

없이도 살아 있을 수 있다는 망상을 잠시나마 주입해주었으나 약효가 사라지면 더 극명한 한기와 공포가 찾아왔다.

밝혀지지 않은 병의 원인이 몸속에 숨어 있다면 밝혀지지 않은 치료 방법 또한 몸속에 담겨 있을 것이므로, 병인과 치료법이 수시로 격돌하며 오른쪽의 무덤을 완전히 없앨 때까지 나는 운명을 의심하지 않은 채 매일 같은 시간에 하천을 따라 걷기로 결심했다.

하천은 도시 한복판의 취수구에서 시작해 십 킬로미터를 굽이쳐 흘러간 뒤 도나우강과 만난다. 상류 지역은 하천 관리인이 성실하게 관리하고 있지만 빈민가를 통과하는 하류 지역은 거의 방치돼 있어서 보행할 수 없을 정도다. 그러니 하천의 명성은 상류 지역을 담은 사진들에 의해서만 유지되고 있다고 말할 수도 있겠다. 마치 한 인간의 일생이 젊은 날의 모험과 열정으로만 평가되듯이.

하천을 따라 양쪽으로 뻗어 있는 산책로 중 한 쪽 지대는 반대쪽 그것보다 어른 키 정도 높다. 높은 쪽의 길은 좁고 바닥이 울퉁불퉁해서 조깅을 하는 자들에겐 평편하고 말랑한 낮은 쪽 길이 선호됐다. 높은 쪽 길에서 느리게 산책하는 자들은 대체로 양복을 입고 구두를 신었으며 세금과 연금에만 관심을 보일 만큼 적당히 늙었다. 하천을 가로지르는 다리에서 내려다보면 마치 자신의 나이와 계급과 직업에 따라 행인들이 길을 선택해야 하는 것 같았다. 나처럼 중병을 앓고 있는 자들에겐 어느 쪽 길도 전혀 안전하지 않았지만, 늙은 자들이 지나다니는 쪽을 선택하는 게 그나마 유익할 수 있었다.

지나치게 살찐 자들에게 체중 조절 방법으로 조깅이나 산책을 강권하는 건 바람직하지 않다. 그들은 우선 음식 섭취량을 줄이고 식단을 바꿔야 하며 적절한 의료 시술까지 고민해야 한다. 피트니스 센터에 등록해서 자신의 몸집을 영혼의 크기만큼 줄인 다음에 비로소 공공장소로 나와 조깅이나 산책을 하는 게 좋겠다. 설령 내 충고를 귓등으로 들어 넘기더라도 최소한의 예의는 갖추고, 하천변에서 마주친 행인들의 건강 상태를 반드시 확인한 다음에 길을 양보하거나 앞장서기를 요구한다. 왜냐하면 나는 무례한 자들을 피해 벽이나 난간에 바짝 붙어 걷다가 얼굴이나 손에 상처를 입기 일쑤였고 이유도 없이 그들에게 굴욕을 당하느니 차라리 하천으로 뛰어드는 게 더 낫겠다고 생각한 적이 너무 많았기 때문이다. 질병처럼 비만을 앓고 있는 자들을 조롱하려는 의도는 전혀 없고 다만, 하천 길을 너무 좁게 설계한 자들의 멱살을 잡고 욕지거리를 퍼부어주고 싶은 욕망은 간절하다.

이따금 격앙된 시위대가 지상의 도로와 보도를 봉쇄하면 그들의 주장에 동조하지 않는 시민들은 하천변으로 내려와 수백 개의 다리를 지닌 지네처럼 걸어갔다. 때론 경찰이나 군인이 그 길을 따라 목적지로 급파되기도 했다. 그럴 때면 조깅이나 산책을 하던 자들은 일제히 벽에 몸을 밀착시키면

서 공권력에 저항할 의사가 없다는 사실을 알려야
했다.

　매일 하천 주변의 쓰레기를 수거하는 트럭이나
이런저런 목적으로 일용직 노동자들이 끌고 다니
는 손수레는 낮은 쪽 길로 드나들었다. 완장을 찬
하천 관리인은 자전거를 타고 다니면서, 하천변에
서 담배를 피우거나 술을 마시거나 쓰레기를 버리
거나 음란한 행위를 하는 자들의 사진을 찍고 신
분증을 확인했으며 벌금 고지서를 들이밀었다. 자
전거나 스케이트보드를 타고 질주하던 자들도 벌
금을 피할 수 없었다. 반려동물을 데리고 산책할
수 없다는 규정에 반발한 자들이 법적 소송을 진
행했지만 다수의 편의를 위해 소수의 권리가 제한
될 수 있다는 법원의 판결에 수긍해야 했다.

　폭우나 폭설이 예고된 날이면 하천 관리인은 하
천으로 통하는 모든 출입문을 걸어 잠그고 경고문
을 붙였다. 단 부활절 기간만큼은 눈이 내리더라
도 하천의 출입을 통제하지 않았는데, 프랑스인처

럼 이곳 시민들도 사월에 내리는 눈을 신성한 얼음Les Saints de Glace이라고 여기고 제 몸에 신의 손길이 직접 닿길 갈망했기 때문이다.

휠체어를 탄 자들이 하천변의 낮은 쪽 길로 통행하는 건 허락됐으나 곳곳에 설치된 구조물을 피하려다가 하천으로 굴러떨어지는 사고가 빈번히 발생하자 장애인들의 시위가 이어졌다. 그들의 주장에는 산책로의 폭을 두 배로 늘리고 바닥에 우레탄을 바를 수 없다면 차라리 행인의 숫자를 제한하거나 장애인들만 통행할 수 있는 시간을 설정해달라는 내용도 포함돼 있었다. 하지만 싸늘한 여론에 시위대는 주장을 철회하지 않을 수 없었고, 겨우 쓰레기통 몇 개를 없애고 추락 위험을 알리는 표지판을 몇 군데 설치하는 조치에 만족해야 했다. 여전히 불만을 해소하지 못한 자들은 새벽에 그곳으로 몰려와 휠체어 경주를 벌였다. 우승한 자에겐 고작 명예로운 상처만이 주어질 뿐이었지만 이를 위해 전문 트레이너에게 체계적인 훈련을 받고 큰돈을 들여 휠체어를 개조하는 자들까지 있었다.

　오른쪽 절반뿐인 너와 왼쪽 절반뿐인 나는 조깅하는 자들을 피해 하천변의 높은 쪽 길로 함께 걸었다. 어느 날 네가 담쟁이 가시에 팔을 긁혀 피를 흘리는데도 나는 그 사실을 전혀 알아차리지 못했다. 마주 오던 여자가 손수건을 건네면서 가까운 병원에 데려다주겠다고 말했다. 나는 그녀의 친절을 거절했지만 너는 수락했다. 내 옆구리를 붙잡고 걷는 여자의 역겨운 땀 냄새와 입냄새는 마치 악마의 포승줄 같았다. 그녀는 병원 응급실 의사에게 너와 나를 인계하고는 자신의 연락처를 남기지 않은 채 사라졌다. 그래서 하는 수 없이 내가 나서서 너의 불운을 설명해야 했다. 뇌졸중 환자는 미미한 출혈에도 큰 충격을 받을 수 있다는 의사의 말에 덜컥 겁이 났다. 삼 년 동안만이라도 살아남으려면 산책을 멈춰서는 안 되는데 담쟁이 가시를 피해 걷다가 자칫 발을 헛디디기라도 한다면 하천으로 굴러떨어져 목뼈가 부러질 수도 있었다. 인생은 외줄 위를 걷는 것이라는 격언보다 이 상황에 더 적확한 표현은 없을 것 같았다. 다행히 아무런 이상 증세도 발견되지 않아 곧바로 퇴원했지만 예상을 뛰어넘는 진료비에 나는 그 정체 모를 여자의 인류애를 의심하지 않을 수 없었다. 이 나라의 의료 체계는 평생 단 한 번도 아프지 않은 자들을 위해서만 설계되고 운영되는 게 분명했다.

그 뒤로 오른쪽 절반뿐인 너와 왼쪽 절반뿐인 나는 게처럼 옆으로 걸어서 하천변을 빠져나갔다. 반대쪽에서 다가오는 자들은 너와 나의 얼굴과 어깨를 볼 순 있어도 등이나 엉덩이를 볼 순 없다. 어쩌면 그들에게 너와 나는 펜싱 선수처럼 보였을 수도 있겠다. 프랑스어로 에페Épée는 검劍이라는 뜻이다. 말을 타지 않은 기사들의 결투에서는 상대의 발끝에서 머리끝까지 어디든지 찌를 수 있도록 허용됐다. 반면 사브르Sabre의 경기 규칙은 기마병들이 상대방의 말을 다치지 않게 하려고 허리 위쪽만 공격했던 전통에서 유래했다. 상대를 죽이지 않겠다는 표시로 칼끝에 꽃봉오리를 매달고 싸웠던 기사들은 플뢰레Fleure 선수들로 환생해 상대방의 머리와 팔을 제외한 상체만을 노린다. 세 가지의 펜싱 종목 중에서 너와 내가 천착하고 있는 것은 플뢰레이고 나는 수비에, 너는 공격에 더 집중하고 있다.

　오른쪽 절반뿐인 너와 왼쪽 절반뿐인 내가 대적해야 하는 상대는 혼자인 자와 그렇지 않은 자, 땀을 흘리는 자와 그렇지 않은 자, 운동복을 입은 자와 그렇지 않은 자, 대머리인 자와 그렇지 않은 자, 피부병을 앓고 있는 자와 그렇지 않은 자, 키가 큰 자와 그렇지 않은 자, 동성애자와 그렇지 않은 자, 안경을 쓴 자와 그렇지 않은 자, 채식주의자와 그렇지 않은 자, 역사의 진보를 지지하는 자와 그렇지 않은 자, 손에 가방을 든 자와 그렇지 않은 자, 음악을 듣는 자와 그렇지 않은 자, 대화하는 자와 그렇지 않은 자, 직업을 지닌 자와 그렇지 않은 자, 목적지가 있는 자와 그렇지 않은 자, 허기진 자와 그렇지 않은 자, 불평하는 자와 그렇지 않은 자, 누군가를 떠나보낸 자와 그렇지 않은 자로 구분할 수 있겠다. 여자나 남자, 무슬림과 크리스천, 흑인

과 백인, 젊은이와 늙은이, 부자와 빈자로 나눌 수
없는 인간들이 세상엔 훨씬 많다.

늦은 밤 하천변을 홀로 걷던 여자가 괴한에게
성폭행당하고 하천에 주검으로 버려진 사건이 일
어나자 가로등과 폐쇄 카메라가 곳곳에 설치됐다.
시민들의 자유를 침해할 수 있다는 시민단체의 주
장을 법원이 받아들이면서 폐쇄 카메라는 작동을
멈췄으나, 높은 조도의 가로등이 하천 주변에 서
식하는 동식물들의 생태를 파괴할 수 있다는 환경
단체의 경고는 시민들의 안전이 우선이라는 치안
당국을 위협하지 못했다.

밤의 하천변이 낮처럼 밝아지자 정작 위태로워
진 것은 동식물이 아니라 시민들이었다. 하루가
멀다고 하천변에서 각종 행사가 열리면서 크고 작
은 사고를 동반했다. 열대야를 피해 몰려든 시민
들이 맨손으로 물고기를 잡는 행사에 참여했다가
패싸움을 벌였다. 새해맞이 축하 행사가 진행되는
도중에 폭죽이 터져서 열 명이 화상을 입었다. 음

악회에 참석한 유명 가수는 보안요원들에게 성추행당하기도 했다. 하천 중앙에 만들어진 임시 무대는 너무 좁고 미끄러웠는데도 패션쇼가 강행됐고 관객들은 모델들의 의상보다는 그들의 위태로운 상황만 주시하다가 기어이 그들이 넘어질 때마다 폭소를 쏟아냈다. 결국 무대 아래로 떨어진 모델이 머리를 크게 다친 뒤에야 비로소 행사는 중단됐다. 그 사건 이후로 야간 행사를 허가받는 조건이 매우 까다로워지면서 불미스러운 사고는 크게 줄어들었으나, 불량 청년들과 노숙자들이 거의 매일 모든 가로등 아래에 삼삼오오 모여서 다양한 일탈을 도모했기 때문에 밤의 하천변에서 조깅이나 산책을 하는 건 거의 불가능했다.

거짓 명성에 크게 실망한 관광객들은 하천을 가로지르는 다리 위에 길게 늘어서서 하천변을 따라 걷는 자들의 정수리에다 욕지거리나 담뱃재를 털어댔다. 그래서 너와 나는 정상인처럼 다리 밑을 지나가려고 애썼는데 그 모습이 구경꾼들의 호기심을 더욱 자극하고 말았다. 그들은 동물원의 유인원을 구경하듯 카메라 셔터를 연신 눌러대더니 빵이나 땅콩을 던져주기까지 했다. 너와 나처럼 봉변당한 행인들의 숫자가 늘어나자 다리 위에 경고문까지 나붙었으나 이 조치는 오히려 더 많은 관광객들을 불러 모으고 말았다. 급기야 다리에서 땅콩으로 일곱 명 이상의 행인을 맞춘 자와 일곱 번째 희생자가 된 행인은 모두 죽어서 천국에 들어갈 수 있다는 괴소문이 퍼졌다. 땅콩 대신 토마토나 달걀을 던지는 자들이 등장하자 경찰이 다리 위에 배치됐지만 경찰이 잠시라도 한눈을 팔면 토마토나 달걀 폭탄이 다리 아래로 빗발쳤고, 행인들은 우산을 쓴 채 다리 밑을 급히 통과해야 했다.

한 남자가 다리에서 하천을 내려다보며 악을 쓰고 있었다. 그의 언어에는 뜨거운 울분이 녹아 있어서 도저히 해독할 수가 없었다. 세상에 싸움을 거는 게 아니라 자신의 불운을 한탄하고 있는 것만큼은 분명해 보였다. 그가 다리 아래로 뛰어내리려는 순간 주변의 관광객 두 명이 급히 그를 붙잡았다. 한참 동안 그 남자는 허공에서 버둥거렸다. 떨어지게 놔두라는 것인지 아니면 떨어지지 않게 꼭 붙잡아달라는 것인지 분간할 수 없었다. 투신자살한 자들을 부검해보면 하나같이 내장이 위산으로 녹아 있다는 사실로부터, 원래의 자리로 되돌려줄 안전장치 없이 허공에 몸을 띄운 인간에게 찾아오는 건 공포밖에 없음을 알 수 있다. 그러니 죽음의 자비를 기대하는 자들의 어리석음을 비웃을 수밖에.

매일 열 번 이상 하천변으로 출동해야 했던 경찰들은 상황을 건성으로 정리한 뒤 범법자들마저 훈방했다. 우범지대를 폐쇄해야 한다는 여론이 거세지면서 행인들의 숫자도 크게 줄어들었다. 그러던 어느 날 검은 옷을 맞춰 입은 젊은이들이 하천변에 나타나 쓰레기를 줍고 행인들의 일탈에 개입하기 시작했다. 엄격한 규율과 위계를 앞세운 그들의 조직적 통제 덕분에 질서가 회복되고 행인들이 다시 몰려들었다. 민간인들에게 치안을 맡긴 채 뒷짐만 지고 있는 정부의 무능함을 비난하지 않는 자는 거의 없었다. 하지만 곧 부작용이 나타났다. 검은 옷을 입은 젊은이들이 정치적 성향을 노골적으로 드러내면서 행인들에게 정부 시책을 홍보하는가 하면 짧은 치마나 민소매 원피스의 여자들을 모욕했으며 문신을 새긴 남자들에게 린치를 가하기도 했다. 외국인들에게 인종차별 발언도 서슴지 않았고 야당 정치인들이 주최한 집회를 방해하기도 했다. 결국 그들이 각종 이권 사업에 관여해 부당한 이익을 챙긴 사실이 드러나면서 조직의 우두머리가 구속됐고 검은 옷을 입은 무뢰배들은 더 이상 하천변에 나타나지 않았다. 이후 두 명의 하천 관리인들을 추가로 배치하고 정치적 목적을 지닌 행사를 전면 금지한 뒤로 하천변은 젊은이들보다 늙은이들의 사교장으로 변했는데, 스무 살의 젊은이가 하천변을 끝까지 완주했더니 예순 살의 늙은이로 변했다는 소문까지 생겨났다.

젊은이들을 불러 모으기 위해 하천변에 작은 무대가 만들어졌다. 매달 두 명의 젊은이를 선정해 그 무대 위에서 연인에게 프러포즈를 할 수 있도록 도와주고 결혼에 성공하면 신혼여행 비용 일부를 지원해주었다. 돈을 아끼려는 젊은이들의 참가 신청이 이어졌지만 거짓 사례들이 적발되면서 담당 공무원은 골머리를 앓았다. 그러다가 밤마다 금속 탐지기를 들고 그 무대 주변에 나타난다는 남자의 사연이 뉴스에 등장했다. 일면식도 없는 관객들 앞에서 일방적으로 진행되는 프러포즈가 끝나자마자 자신이 받은 반지나 목걸이를 하천으로 내던지는 여자들이 아주 많다는 전언이었다. 프러포즈에 실패한 남자들도 술에 취한 채 이곳으로 돌아와 수치스런 증거물을 없앴다. 값비싼 폐기물을 팔아 짭짤한 소득을 올리고 있다는 남자는 외제 차를 타고 카메라 밖으로 사라졌다. 이 뉴스가 방송된 직후부터 자신의 분실물을 찾아달라는 민원이 시청으로 빗발쳤고 금속 탐지기를 들고 몰려든 자들끼리의 다툼도 격렬해졌다. 결국 시장은 프러포즈 이벤트를 중단시키고 무대를 폐쇄했다.

우쭐한 표정으로 하천변을 느리게 걷는 늙은이들은 반대편에서 다가온 자가 자신의 정체를 먼저 간파하고 머리를 조아리면서 비켜 서주길 기대한다. 심지어 너와 나처럼 장애를 앓고 있는 자에게까지 존경심을 요구하며 어깨를 세게 부딪친다. 늦게나마 속도를 줄이고 방향을 바꿔보지만 그런 행동이 상대를 더욱 위태롭게 만들었다. 늙은이들은 결코 먼저 사과하지 않는다. 젊었을 때 자신들을 굴복시켰던 자들이 모두 사라지고 그들의 자리를 자신들이 물려받았다고 생각하는지 왕족이나 귀족처럼 도도한 태도를 고집한다. 그들 앞에서 너와 나는 주눅이 들 수밖에 없다. 너와 나는 그들처럼 늙어가고 싶다. 온전한 영혼이 육신의 절반에만 갇힌 채 비대칭적으로 닳아 없어지는 게 아니라, 영혼과 육체가 골고루 줄어들다가 더 이상 어떤 용도로도 사용할 수 없게 되길 희망하는 것이다. 늙기 전에 이미 파괴된 상태로 죽고 싶진 않다.

그런데 왜 늙은이들은 모자를 쓰지 않는 것일까. 그것이 거추장스럽기 때문일까, 아니면 건망증 때문에 자주 잃어버리기 때문일까. 뜨거운 햇살은 산 자와 죽은 자를 구별하기 위해 신이 찔러대는 불쏘시개 같다. 오른쪽 절반뿐인 너와 왼쪽 절반뿐인 나 둘 중에서 한 명은 이미 죽은 자로 판명될까 몹시 두렵다. 그래서 너와 나는 매일 모자를 쓰고 하천변을 걷는데, 바닥에 떨어진 모자를 주우려고 상체를 숙였다가 행인과 부딪쳐 바닥에 얼굴이 처박힐 뻔한 적이 한두 번이 아니다.

운동복 차림으로 달리는 젊은이들의 몸은 마치 태엽이 팽팽하게 감긴 자명종 같다. 그들을 바라보고 있자면 육체와 영혼을 담는 그릇이 아니라 영혼이 육체를 작동시키는 연료에 불과하다는 생각에 사로잡혀 숨이 가빠진다. 괴로운 밥벌이에 몰입하느라 너와 나는 육체와 영혼 어느 쪽도 단련하지 못한 채 늙었다. 이미 태엽은 느슨하게 풀려 있고 자명종 안의 시간은 담배 연기처럼 사방으로 펼쳐졌다가 사라진다. 순차적으로 전개되지 않는 인생에서 기억과 망상을 거의 구분할 수 없었다.

대여섯 명의 벌거벗은 자들이 줄을 맞추어 하천변 낮은 쪽 길로 뛰어간 적도 있다. 하천 관리인과

경찰은 그들이 사라진 지 반 시간이 지난 뒤에야
나타나서 너와 나를 유일한 목격자로 지목했지만
정작 아무것도 묻지 않았다. 뇌졸중을 앓고 있는
자의 증언은 법적 효력을 행사하지 못할 것으로
판단한 게 분명했다. 범인은 반드시 범행 장소에
다시 나타나 자신의 행운을 확인한다고 하니 그때
새로운 목격자들을 추가해서 조사해도 늦지 않을
것이라고 낙관하는 것 같았다.

큰 소리로 대화나 전화 통화를 하면서 걷는 자
들을 모조리 하천 속으로 떠밀어버리고 싶다. 무
례하기 짝이 없는 그들은 언제라도 살인을 하거나
전쟁을 일으킬 수 있고, 타인의 재산을 아무렇지
않게 빼앗을 수도 있다. 그들에게 세상은 자신들
에게만 열리는 금고이기 때문에 추악한 비밀이나
탐욕스러운 의도를 애써 감추려 하지 않는다. 그
런 자들이 금고 제작을 요구한다면 너와 나는 설
계 기준보다 훨씬 더 많은 양의 폭약을 채워 넣고
기폭 장치도 더욱 민감하게 조정할 것인데, 왜냐
하면 하찮은 실수에도 그의 인생이 통째로 사라지

는 장면을 지켜보고 싶기 때문이다. 하지만 너와 나의 팔다리는 흐물거리고 뇌는 분노를 오래 기억하지 못하니 짐짓 아무것도 보고 들을 수 없는 척하며 조용히 지나칠 수밖에.

하천변 주위에 우후죽순 생겨난 상점들이나 식당들은 한 해를 버티지 못하고 간판과 주인을 바꿨는데 손님이 적어서가 아니라 건물 임대료가 너무 빨리, 그리고 너무 많이 올랐기 때문이었다. 자본주의 체제에서 적자생존의 원칙은 거의 적용되지 않는다. 그 체제 안에선 적자適者가 태어나거나 군림할 수 없고 대체자들만 끊임없이 바뀔 따름이다. 자본주의 체제에서 소비되는 건 욕망뿐이다.

하천변 몇 곳에 설치된 식수대에선 하루가 멀다하고 수도꼭지가 사라지고 하수구가 막히면서 악취가 진동했다. 설상가상으로 그 물을 마시고 배앓이를 한 자들의 불평도 늘어났다. 하천 관리인들은 순찰을 강화하고 수질 검사 결과를 수시로 게시했으나 끝내 시민들의 불신을 없애지 못했다.

식수대가 모두 폐쇄된 뒤로 등장한 소문에 따르면, 인근 상점과 식당 주인들이 매상을 올리기 위해 번갈아 수도꼭지를 훔치고 하수구에 음식 찌꺼기를 버린 뒤 시청에 수시로 민원을 제기했지만 범죄의 성과를 나누기도 전에 은행 빚에 짓눌려 줄줄이 파산했다고 한다.

산책할 때마다 거의 같은 시간에 같은 곳에서 마주치는 사람들이 생겨났다. 그래서 너와 나는 이곳을 거대한 아날로그시계의 내부로 상상하길 즐겼다. 너와 나는 시간을 가리키는 바늘이고 그들은 분침이다—두 바늘 사이를 지나가는 물고기들이나 새들, 벌레들, 바람이나 낙엽들이 초를 센다—. 그들이 떠미는 힘으로 너와 내가 전진한다. 그들과 주기적으로 만나지 못한다면 세상은 죽지 않는 자들의 악행으로 파괴되고 말 것이다. 그러니 그들이 너와 내게서 얼마만큼의 인생을 덜어낸다고 하더라도 걸음 속도를 늦출 순 없다.

책을 읽으면서 걷는 자들은 발바닥으로는 현실

의 요철을 감지하면서 눈으로는 단어와 공백 사이를 넘나든다. 책 속의 등장인물들을 따라 그들은 걷고 뛰다가 멈춰 서서 웃거나 한숨을 내쉬었다. 산책과 독서를 동시에 가능하게 하는 책들의 내용이 무엇일까 궁금해졌다. 인간과 세계의 비밀이 담겨 있는 책이라면 너무 무거워서 들고 걸을 때 팔이 아플 것 같다. 그리고 해독 불가의 문장을 만날 때마다 두 발이 뒤엉켜서 넘어질 위험도 크다. 책을 들고 산책에 나선 자들은 자신의 인생을 망치고 있는 인간과 세계로부터 잠시나마 벗어나고 싶을 수도 있다. 현실에 존재하지 않는 세계와 인간만이 그들을 위무한다. 한가롭게 책을 읽을 여유가 없는 자들이나 일부러 걸어서 출퇴근하는 것이다. 하지만 행인이나 시설물과 부딪쳐 독서와 산책이 동시에 멈추면 자신이 지나왔거나 걸어가야 할 행간은 흔적도 없이 사라졌고, 한참 동안 현실로 되돌아오지 못해서 크고 작은 시비에 휘말리기도 했다.

귀에 이어폰을 꽂은 자들은 오선지 위를 걷고

있다. 음표처럼 잔뜩 긴장한 몸은 외줄의 장력에 따라 형상을 수시로 바꾼다. 그들에게 다가오는 세계는 곡의 전개를 지시하는 음표들로 가득하다. 연주자의 감정과 기교에 따라 곡은 얼마든지 변주될 수 있다. 어떤 자들은 리듬을 타는 듯 흐느적거린다. 그들은 대개 운동화를 신고 있다. 반면 어떤 자들은 박자를 바닥에 새겨 넣듯 절도 있게 걷는데 대개 구두를 신고 있다. 그 걸음들이 섞여 완성된 음악에 신발 교향곡이란 이름을 붙이면 어떨까.

계단을 따라 하천변으로 내려온 한 남자가 목청을 다듬더니 노래를 부르면서 걷기 시작했다. 비록 그의 노래는 아직 기교의 강박에서 벗어나지 못해 불퉁거렸지만 그의 표정만큼은 수만 명의 관객들을 고통과 환희 사이에서 요동치게 할 수 있을 만큼 격정적이었다. 그러다가 반대쪽에서 걸어오는 행인을 발견하면 목소리를 낮추고 눈치를 살피면서 낮은 허밍으로 지나쳐 갔다. 늙은이들은 그가 프러포즈에 사용할 세레나데를 연습한다고 생각했고, 젊은이들은 오디션을 준비하고 있는 듯

한 그에게 격려의 눈빛을 보냈다. 젊은 카루소에게도 무명과 멸시를 견뎌낼 시간은 필요했으니까. 너와 나를 처음 마주쳤을 때도 그는 여느 행인 앞에서처럼 목소리를 줄이고 눈치를 살폈다. 하지만 거의 같은 시간, 같은 장소에서 두 번째 마주쳤을 때 그는 너와 나의 정체를 정확히 간파했고, 그다음부터는 노랫소리를 낮추기는커녕 오히려 울대에 더욱 힘을 주면서 너와 나를 쏘아보았다.

하천변의 높은 쪽 길에서 거의 매일 만나는 전기수傳奇叟—이곳에서 만날 수 있는 전기수는 두 명이다. 고등학교에서 역사를 가르치다가 은퇴한 선생이 소일 삼아 이곳의 행인들에게 이런저런 이야기를 들려주었는데, 선생이 없는 자리에서는 노숙자 한 명이 그의 이야기를 옮기며 동전을 벌었다—의 이야기에 따르면, 식민지 시절 외국 군은 매일 아침 하천을 따라 동쪽에서 나타났기 때문에 목뒤가 검붉게 타지만 저물녘 서쪽으로 퇴각한 독립군은 이마와 콧잔등이 새카매졌다. 그래서 독립 직후 국민은 배신자와 공로자를 쉽게 구분할 수 있었다. 나중엔 동쪽에서 감자를 재배하는 농민들과 서쪽에서 물고기를 잡는 어민들도 이와 같은 방법으로 식별했다.

갑자기 시작된 폭우로 하천변의 출입문들이 모두 잠기는 바람에 생사의 경계를 넘나들었던 행인의 이야기도 노숙자 전기수에게서 들었다. 수백 개의 우수관에서 일제히 쏟아져 나온 빗물로 하천의 물살이 거세지면서 행인은 오 킬로미터 남짓 떠내려가다가 겨우 계단의 난간을 붙잡을 수 있었다. 웃옷을 벗어 자신의 몸을 난간에 묶은 채 하루를 꼬박 버텼다. 비가 멈추고 수위가 낮아졌을 때 하천 관리인에게 발견돼 병원 응급실로 옮겨진 그는 한 달여 동안 구토와 발진, 고열과 악몽에 시달리다가 간신히 회복할 수 있었다. 국가를 상대로 벌인 손해배상 소송에서 승리하자 담당 공무원과 하천 관리인들은 해고됐고, 하천변 시설물 공사를 독점했던 건설업체 대표는 뇌물공여죄로 반년 동안 실형을 살았다. 그 뒤로 하천변으로 통하는 모든 출입문 앞에 구명조끼와 튜브가 내걸렸다.

너와 나도 비슷한 경험을 했다. 출근 시간이 아니었는데도 하천변에는 단 한 명의 행인도 보이지 않았다. 까마귀 떼 같은 눈구름이 멀리서 빠르게 몰려오고 있었다. 평소였으면 집을 나서기에 앞서 일기예보를 확인하고 산책을 포기했겠으나 아침에 아내와 말다툼하느라 날씨를 살필 여유가 없었다. 하천변으로 통하는 출입문은 평상시처럼 열려 있었다. 눈구름을 확인한 즉시 산책을 멈추고 하천변에서 빠져나와 시내버스에 오를 수도 있었다. 하지만 쓸데없는 오기가 발동했다. 산책을 멈추는 즉시 죽음이 들이닥칠 텐데, 너와 나는 아직 아내와의 주사위 게임을 끝마치지 못했다. 적어도 아내와의 말다툼이 남긴 앙금만큼은 공장에 도착하기 전에 긁어내고 싶었다. 정수리에 처박힌 우박한 덩어리가 비밀스러운 스위치를 작동시켜서 오른쪽 절반뿐인 너와 왼쪽 절반뿐인 나를 다시 하나로 결합해줄지 누가 알겠는가. 그래도 차마 두려움을 완전히 없앨 순 없어서 너와 나는 평소와는 달리 하천변 낮은 쪽 길을 따라 평소보다 두 배나 빠른 속도로 걸었다. 행인들의 눈치를 살피지 않고 노래를 부르거나 전화 통화를 할 수도 있었다. 산책하면서 책을 읽을 수 있는 절호의 기회를 놓치고 있자니, 가방에 책 한 권 넣고 다니지 않아도 문제없이 유지되는 인생이 몹시 부끄러워졌다. 그러다가 결국 하천변에서 폭설을 만나고 말았다. 인간이 만들어놓은 문명을 모조리 부정하려는 듯 눈발의 기세는 맹렬했다. 길이 사라지자 너와 나는 극지 탐험가처럼 발등만 보고 걸었다. 누구라도 만나게 되길 바랐다. 꽁꽁 언 시체라도 상관없었다. 너와 나처럼 잘못된 결정을 내린 사람들이 세상엔 얼마든지 존재한다는 사실을 확인하고 싶었다. 하지만 아무도 만날 수 없었으므로 너와 나의 단순한 실수에 신탁이 실려 있을지도 모른다고 생각했다. 더 이상 움직일 수 없어 주저앉았고, 몸 곳곳에 뚫린 구멍으로 생명의 징후가 거의 다 빠져나갔다고 생각했을 때 누군가 불쑥 다가오더니 너와 나를 업어서 출입구 앞에 내려놓았다. 그러고는 등을 보인 채 흰 장막 뒤로 걸어 들어갔다. 히말라야 어딘가에서 가끔 목격된다는 설인雪人이 떠올랐다.

　노숙자들은 주로 쓰레기통 옆에서 잠을 잤다. 하천변에 설치된 쓰레기통의 숫자가 턱없이 부족한데도 주변이 제법 깨끗하게 유지될 수 있는 까닭은, 일반인들에겐 쓰레기에 불과한 것들을 노숙자들이 먹거나 사고팔았기 때문이다. 그건 쓰레기를 버리는 자들보다 그걸 줍는 자들이 더 많다는 뜻이기도 했다. 규모조차 파악할 수 없는 비밀 청소부들 덕분에 시민들은 여유롭게 산책과 조깅을 즐길 수 있었던 것이다. 그런데도 두 달에 한 번씩 공무원들과 인근 상인들이 하천변으로 총출동해 노숙자들의 임시 거처를 파괴했다. 어떤 종교 단체는 그들을 트럭에 강제로 싣고 세차장으로 데려가 고압 분사기를 겨누기까지 했다. 옷을 입은 채로 목욕해야 했던 자들은 일면식도 없는 이웃들에게 언제든 학살당할 수 있다는 사실에 놀라지 않을 수 없었다.

　하천변의 어느 다리 밑에선 동성애자들이 밤마

다 모여 애인을 찾거나 바꾼다는 소문도 돌았다. 하긴 그들도 동성애자이기에 앞서 인간일 터이므로 허기만큼이나 고독 역시 견디기 힘들었겠지.

흰 와이셔츠에 양복을 갖춰 입고 매일 나란히 걷는 두 명의 남자들은 회사에서의 직위가 서로 다른 듯, 한 사람은 주로 말을 하고 다른 사람은 듣기만 했다. 말하는 자는 오만하고 듣는 자는 비굴해 보였다. 그들은 마치 세상의 비밀과 작동 원리를 알아낸 것처럼 목소리를 높였지만 행인들의 관심을 거의 끌지 못했다. 겉으로는 선의를 앞세우고 그것의 나약함을 걱정하면서도 실제로는 악의에 매료당해 그것의 강인함을 칭송하고 있는 자들은, 서로 도와 함께 번영하는 건 근친교배처럼 인간의 미래를 위협할 수 있다고 주장할 게 분명했다.

관광객보다는 날품팔이에 가까워 보이는 외국인들은 기괴한 억양의 언어와 시큼한 몸 냄새로 행인들을 긴장시켰다. 하천변과 가까운 다세대주택에서 최근 화재가 발생해 다섯 명이 죽거나 다쳤을 때, 집주인에게 불만을 품은 외국인이 술김에 방화를 저질렀다는 소문이 떠돌았다. 그로 인해 외국인 불법 체류자들을 추방해야 한다는 여론이 거세졌고 외국인 관광객들까지 봉변을 당하기도 했다. 내국인이 진범으로 체포된 뒤에도 외국인들은 여전히 신변의 위험을 느끼고 외출을 삼갔다. 외국인 노동자들의 희생 덕분에 사회가 안정적으로 유지되고 있다는 부류와 그들에게 일자리를 뺏기는 바람에 국민의 실업률이 매년 증가하고 있다는 부류로 나뉘어 정치인들이 설전을 벌였으나, 다행히도 국민 대부분은 자신들의 이익과 당장 연관이 없는 사항에 모호한 침묵으로 대응하면서 발화점을 넘어서지 못했다.

당장 너와 내가 출퇴근하고 있는 공장만 하더라도 아시아와 아프리카에서 건너온 이주 노동자들이 성실하게 일하고 있다. 그들은 모국에서 평범한 시민으로 살고 있다가 인과를 알 수 없는 국가적 비극에 휘말려 거의 모든 것을 잃었다. 겨우 목숨만을 수습해 이곳으로 도망쳤으나 그들이 정당한 권리와 보상을 얻어낼 확률은 그리 높지 않다. 만약 그럴 수 있었다면 아시아의 유명 대학교에서 물리학을 가르쳤던 아마드는 뇌졸중에 걸린 너와 나를 대신해 공장장으로 승진했을 것이고 품질과 성능이 훨씬 향상된 상품을 생산해낼 수도 있었을 것이다. 하지만 평생을 금고와 함께 보낸 너와 내가 다른 직업으로 옮겨가는 건 불가능했기에 부득이 아마드의 불운을 묵인할 수밖에 없었다. 이 죄악 또한 내 오른쪽에 생긴 무덤 속에 모조리 파묻겠다.

인도의 구루Guru 같은 남자―너무 검고 마른 데다가 피부에 윤기와 탄력이 전혀 없어 멀리서 보면 나무 같았고 가까이에서 보면 쓰레기 더미를 연상시켰다―가 어느 날 아침부터 하천변의 높은 쪽 길 위에 가부좌를 틀고 앉아 명상을 시작하자, 인도나 요가에 대한 환상을 지닌 시민들이 하나둘씩 몰려와 그 남자의 주변을 채웠다. 그들은 영적 스승이 기적을 일으키거나 인생의 진리를 발설하는 순간을 놓치지 않으려는 듯 잔뜩 긴장한 탓에 정작 명상이나 요가에는 전혀 집중할 수 없었다. 며칠 뒤 중국인들이 하천을 사이에 두고 인도인 구루와 마주한 채 태극권을 수련했는데, 세계 곳곳에서 중국과 인도가 아시아 문화의 종주국 지위를 차지하기 위해 벌이고 있는 경쟁의 일환 같았다. 왜 유럽인들은 영혼을 수련하는 방법으로서 성서 이외의 것을 발명해내지 못했을까. 그랬더라면 유럽 대륙에서 전쟁과 학살의 역사는 확실히 줄어들었을 텐데.

사회 불순분자들을 색출한다는 명분으로 경찰들이 하천변에 임시 검문소를 세우고 행인들의 통행을 제한한 적이 있었다. 가방 속에 폭탄을 넣은 채 매일 출퇴근하는 시민을 색출해낼 작정으로 폭발물 처리반까지 대기했다. 수상쩍은 행동을 감지하기라도 하면 그들은 용의자를 바닥에 쓰러뜨리고 땀구멍 하나까지 샅샅이 수색했다. 봉변을 피하려고 행인들은 자진해서 가방을 열어 보이며 수지품들의 용도와 사연을 경찰들에게 일일이 설명해야 했다. 경찰들이 짓궂은 표정과 음란한 언어로 여자들을 희롱하는 사건이 빈번해지자 참다못한 그녀들이 속옷 차림에 안이 훤히 들여다보이는 투명한 가방을 맨 채 검문소 앞을 줄지어 통과했는데, 경찰들은 그녀들의 가방 속에서 도색잡지나 성인용품을 발견하고 민망해졌다. 그 사건이 해외에 알려지자 시장은 명령 불복종을 이유로 경찰서장을 직위 해제한 뒤 슬그머니 임시 검문소를 철거했다.

인근에 최근 개업한 요양병원의 환자들이 물리치료사를 따라 하천변을 산책하기도 했다. 그들은 행인들의 활기에 자극받아 자신도 모르게 걷는 속도를 높여 더 멀리까지 걸었고, 그것으로도 모자라 맨손체조를 시도했다. 하지만 병원으로 돌아온 뒤로 며칠씩 몸져눕는 환자들이 늘어나자 병원장은 환자들이 하천변으로 나가는 걸 금지했는데, 이 조치는 환자들에게 우울증을 급속도로 퍼뜨리는 결과를 낳고 말았다. 병실의 창문을 모두 불투명 유리창으로 바꿨어도 상황이 크게 나아지지 않자 결국 그 병원은 개원한 지 일 년여 만에 문을 닫아야 했다.

　어느 여름 출근길에 만났던 한 쌍의 남녀를 잊을 수가 없다. 병색이 역력한 남자가 요양병원의 환자복을 입은 채 한 여자의 부축을 받으면서 느리게 하천변을 걷고 있었다. 너와 나는 그들을 앞질러 갈 순간을 엿봤다. 그런데 갑자기 그 남자가 허리를 굽혀 바닥에 떨어져 있는 쓰레기를 손으로 집더니 여자가 들고 있던 비닐봉지 속에 집어넣는 게 아닌가. 여자도 똑같이 행동했다. 쓰레기가 발견되지 않는 동안에 그들은 친밀하게 대화했고 쓰레기를 주우면서 타인과 세상을 축복했다. 그들은 회한 따위에 짓눌려 있지 않았고 오히려 삶의 새로운 단계에 대한 호기심으로 들떠 있었으며, 죽음의 신조차 그들에게서 아무것도 빼앗지 못할 것 같았다. 금고를 사이에 두고 아내와 인생을 낭비하고 있는 처지가 부끄러워서 차마 그들을 앞지를 수기 없었다.

　실직한 자들이나 퇴직한 늙은이들이 일당을 받

고 하천변을 따라 걸으면서 쓰레기를 주웠다. 정
부는 취약계층의 자활을 돕는다는 명분으로 공공
근로 사업을 확대했지만 그 하천변을 자신의 직장
이라고 여기는 참가자는 단 한 명도 없었다. 게다
가 참가자들 중에는 직업만 없을 뿐 막대한 규모
의 재산을 지닌 이들도 포함돼 있어 형평성 논란
이 일었다. 이 사업을 기획한 공무원은 낙후된 지
역의 주민들을 우선 선발했다고 해명하면서도, 혼
자서 수천 장의 지원 신청서를 일일이 확인할 수
없어서 불순한 의도까지 완벽하게 걸러낼 수 없었
다는 사실을 순순히 인정했다.

공공근로마저도 참가할 수 없는 자들은 다리 밑
에 모여 앉아서 카드를 하거나 술을 나누어 마셨
다. 하천 관리인도 딱한 처지를 모른 척할 수 없어
서 그들의 일탈을 눈감아주기도 했다. 좁은 그늘
의 혜택을 나누기 위해 그들은 어깨를 맞대고 앉
아야 했다. 하지만 사람들의 숫자가 늘어나자 결
국 누군가는 그늘 밖으로 밀려나지 않을 수 없었
다. 그들은 한쪽에서 슬쩍 밀기만 하더라도 연쇄

적으로 쓰러지는 도미노 같았다. 자신을 보호할 방편이라곤 고약한 몸 냄새와 자기혐오가 전부인 그들은 당장이라도 술을 끊고 목욕하고 머리를 깎고 깨끗한 옷으로 갈아입는다면 얼마든지 일자리를 구할 수 있을 것 같아 보였다. 하지만 선천적으로 게으르고 질투심이 강해서 늘 자신의 능력보다 더 많은 대가를 요구하면서도 매사를 건성으로 처리하기 때문에 실직자로 남아 있다는 이웃들의 비아냥거림에도 그들은 전혀 분노하지 않았다. 천 마리의 새들이 차지하는 모이보다 코끼리 한 마리가 먹어 치우는 음식이 많은 법인데도 전자가 후자보다 훨씬 더 가혹한 비난을 받는 현실이 몹시 씁쓸했다.

반세기 동안 이 도시의 유일한 영화관이었다가 이제는 모두에게 버려진 건물 아래를 너와 나는 매일 지나친다. 연애시절 나와 아내는 거의 모든 일요일 오후를 그곳에서 보냈으나 정작 결혼한 뒤로는 단 한 번도 찾지 않았다. 보고 싶은 영화가 없다는 아내의 말을 곧이곧대로 믿었기 때문이다. 하지만 아내는 혼자서 영화관에 다녔다. 지금 생각해보니 결혼 전의 아내는 영화관의 어둠 속에 너와 나를 묻어놓고 영화배우들과 대화하는 걸 즐겼던 것 같다. 오늘의 비참한 상황을 예상했더라면 가장의 숙명에 너무 거창한 의미를 부여하지 않았을 것이다. 죽음의 무위 앞에서 즐겁지 않을 게 없고 분명하지 않을 게 없으며, 잊어버리거나 용서하지 못할 것도 없다. 영화는 반복해서 한 지점으로 되돌리거나 그걸 가뿐히 건너뛸 수 있으며 싫증이 날 때쯤 새로운 것으로 대체될 수도 있으니 말이다. 이탈리아의 유명한 영화감독이 뇌졸중으로 쓰러진 뒤에야 비로소 자신의 대표작을 완성했다는 이야기를 전해 듣고 헛구역질이 이어졌다. 기적 또한 인간의 노력으로 얼마든지 성취할 수 있다고 말하는 자들을 사뿐히 건너뛰고 싶었다.

휴일이면 가족 단위의 사람들이 하천변으로 나타났는데, 가장들은 하나같이 이국의 왕처럼 느리게 걸었다. 그들은 눈앞의 풍경과 상황에 대해 일일이 아는 체를 하고 가족들에게 끊임없이 동의와 관심을 요구했다. 신민이나 노예로 전락한 가족들은 산책길이 너무 길게만 느껴졌을 것이다. 가장은 가족들과 함께 같은 곳에서 같은 시간을 나눠쓰는 게 휴식이라고 생각하는 반면, 가족들은 휴식 시간만이라도 잠시 목줄을 풀어헤친 채 가족의 울타리 밖으로 나가고 싶어 했으니, 적어도 어린 자식들에게 하천변은 고리타분한 윤리 강의실 같았다.

그래도 도시 설계나 토목학, 생물학을 배우는 학생들의 눈에 하천변은 흥미로운 주제와 실례로 가득했다. 인공 하천을 설계하고 건설한 기술자들은 도나우강에서 펌프로 끌어 올린 물이 하천을 따라 십 킬로미터를 무난히 흘러가서 다시 도나우강에 섞이는 방법들을 다양하게 고안했다. 상류 지역에는 바위를 쌓아 낙차를 키우고 길을 좁혔으며 중류의 바닥을 파서 소沼를 만들고 하류 쪽에는 여러 수생식물을 심어 유속을 늦췄다. 그리고 우수관의 빗물이 대량으로 유입됐을 때도 하천변의 시설물들이 파손되지 않도록 수문의 개수와 위치를 적절히 배치했다. 그러다 보니 유속과 유량에 따라 생물들의 식생이 달라졌다.

공식 개장 행사가 끝난 뒤에도 공무원들은 주기적으로 민물고기들을 하천에 풀어놓았다. 그 작업을 굳이 새벽에 은밀하게 진행할 이유는 전혀 없었다. 군부가 지배하던 삼십여 년 동안 도시의 하수구로 사용되면서 이곳은 자연 하천의 기능을 모두 상실했고, 군부 독재를 끝낸 대통령이 하천 복원 공사를 진행하면서 환경단체의 반대를 무시한 채 지극히 인위적인 구조와 쓸모를 고집했기 때문에―심지어 우수관까지 연결했다― 그 하천에 물고기가 서식할 수 없다는 사실을 시민들은 너무 잘 알고 있었다. 그런데도 대통령과 공무원들은 치적을 과장하기 위해 도나우강의 어부들에게서 사들인 민물고기들을 그 하천에 풀어놓으면서 마치 자연 하천이 완벽하게 복원된 것처럼 위장했다. 개장 초기 시민들의 반응은 공무원들이 보람을 느낄 수 있을 만큼 뜨거웠다. 하지만 일주일쯤 지난 뒤부터 죽은 물고기들이 물 위로 떠오르기 시작했다. 물고기 생태에 대한 이해가 부족했거나 공명심이 지나쳤던 공무원들이 도나우강에서조차 사라진 일급수 어종을 도시의 인공 하천에 풀어놓았기 때문이다. 공무원들은 한동안 죽은 물고기들을 걷어내느라 밤부터 아침까지 랜턴을 머리에 매단 채 하천을 오르내려야 했다. 그런데도 언론 앞에선 그 물고기들이 도나우강과 연결된 하류에서 거슬러 왔다고 끝까지 주장했다. 한 달쯤 지나서야 비로소 죽은 물고기들의 숫자가 크게 줄어들었는데, 서식 환경이 갑자기 개선됐을 리는 없으니 저급의 수질에도 잘 견디는 물고기들이 투입됐거나 죽은 물고기를 빨리 숨기는 프로세스가 만들어진 게 분명했다. 하천 관리소는 반년마다 하천에 사는 물고기들의 어종과 개체수를 조사한 뒤 결과를 게시했다. 보고서에 일급수 어종들이 여전히 등장하자—일급수 어종일지라도 인간이 인공적으로 부화시키면 삼급수에서 살 수 있다고 들은 것 같기 한데 정확하지는 않다— 시민들은 정권의 허장성세를 조롱하기 시작했고 하천 관리소도 슬그머니 정기 생태조사를 멈췄다. 훗날 환경단체가 전문가들을 이끌고 직접 조사한 결과, 그 하천에 사는 물고기들의 종류는 최종 보고 수치의 절반으로 줄어든 반면 개체수는 두 배로 늘어나 있었다. 이는 위대한 자연의 힘이 인공 하천에도 정상적으로 작동하고 있다는 사실을 의미했다. 하천의 진기한 구경거리를 지켜내기 위해 행인들은 자발적으로 서로를 감시했다. 배고픈 노숙자들의 눈에도 이 물고기들은 그저 살아 있는 쓰레기 정도로 보였기 때문에 그들이 밤마다 천렵 활동을 한다는 소문은 결코 사실이 아니었다.

그 하천에 사는 물고기 중에는 도나우강에서 길을 잘못 든 개체도 있을 것이다. 그것들은 탈출구를 찾기 위해 필사적으로 물살을 거슬러 올랐으나 그 하천이 시멘트 바닥에 뚫린 취수공 하나에서 시작된다는 사실을 알아차리고 크게 절망했을 것이다. 몸속에 알이나 이리를 가득 품은 채 물 위로 떠오른 것들은 비닐봉지에 담겨 쓰레기 소각장에서 불태워졌을 것이다. 어쩌면 아내도 이와 똑같은 상황인지 모르겠다. 모험심을 억누르지 못하고 어머니의 처절한 만류를 뿌리쳐가면서까지 너와 내게로 헤엄쳐 왔다가 뒤늦게나마 길을 잘못 들었다는 사실을 깨닫고 제자리로 돌아가려 했지만 자신을 도와줄 어머니는 이미 살해당했고 탈출구가 숨겨져 있을지도 모를 금고마저 일 년째 열리지 않고 있으니, 그녀는 밤마다 정부의 품에 안겨서 자신을 산 채로 화장시켜 달라고 읍소하고 있진 않을까.

시민들은 자신이 어항에서 키우고 있던 물고기나 수생생물을 하천에 슬그머니 풀어놓기도 했다. 불법 방생이 적발되면 벌금을 부과하겠다는 경고문은 거의 주목받지 못했다. 누군가 하천에서 새끼 악어를 목격했다는 소문이 돌았다. 이 도시의 평균기온이 너무 낮아서 악어가 서식할 수 없다는 전문가들의 확신에도 불안감이 수그러들지 않자 하천 관리소는 하천변 출입을 막고 대대적인 수색 작업을 벌였지만 악어의 흔적을 끝내 발견하지 못했다. 그 대신 행방불명 처리됐던 아이들의 시체 두 구가 수풀 속에서 발견됐다. 자식을 죽인 부모들의 잔혹한 동기가 알려지면서 인간보다 차라리 악어가 더 윤리적인 생명체라는 탄식이 이어졌다.

기록적인 가뭄이 한 달여 동안 지속되자, 농작물 재배하기에도 턱없이 부족한 도나우강 물로 도시민들의 허영심을 채우는 데 낭비하지 말라는 여론이 농민들을 중심으로 들끓었다. 분노한 일부 농민들은 하천으로 몰려와서 작살로 물고기를 잡고 양동이로 하천 물을 퍼내는 퍼포먼스를 진행했다. 스스로 흐르지 못하는 인공 하천을 당장 없애야 한다는 농민들의 주장에 맞서, 환경단체는 도나우강에서는 발견된 적 없는 서너 종의 물고기들이 하천에서 서식하고 있는 이상 현재 상태를 보존해야 한다고 반박했다. 일기 예보관조차 전혀 예상하지 못한 폭우가 몰려와 가뭄을 단숨에 끝내주지 않았더라면, 농민들의 파업과 태업 때문에 국민은 한동안 감자 수프와 치즈 한 덩어리로 매 끼니의 식단을 채워야 할 뻔했다.

비영리적 목적으로 설립된 과학재단의 도움을

받아 기존보다 절반 수준의 전력으로 도나우강 물을 퍼 올리고 가로등을 밝힐 수 있게 되면서, 그 하천의 명성과 쓸모를 유지하는 데 소요되는 세금은 더 이상 정치적 논쟁거리로 주목받지 못했다.

수도 요금을 아끼기 위해 하천의 물을 몰래 끌어다가 설거지와 빨래에 사용하던 인근 식당들이 무더기로 적발됐다. 수풀 사이에 은밀하게 설치돼 있던 취수관을 물고기들이 온몸으로 틀어막음으로써 범죄의 전모가 밝혀졌다. 식당 주인들은 하나같이 자신이 피해자인 것처럼 항변했지만 법원의 벌금과 이웃의 비난을 피할 수는 없었다. 그들은 손해를 만회하고자 슬그머니 음식 가격을 올렸다가 이마저도 들통나는 바람에 파산했다.

도나우강 물을 퍼 올리던 두 개의 펌프가 고장나면서 이틀 동안 하천으로 물이 흐르지 않은 적이 있었다. 수질에 예민한 물고기들이 먼저 죽었고 그것들의 시체에서 흘러나온 오물로 하천 전체가 뒤덮였다. 행인들이 양동이에 물을 받아와 하천의 구덩이에 물을 채우고 물고기들을 옮겼으나 몰살을 막기엔 역부족이었다. 나중엔 양동이에 물고기들을 담아 집으로 가져가는 자들도 생겨났다. 자신의 어항이나 욕조에 풀어놓았다가 하천에 다시 물이 채워지기 시작하면 가지고 오겠다고 약속했지만, 펌프가 교체되고 하천변이 재개방된 뒤로 양동이에 물고기를 담아서 돌아온 행인은 거의 없었다. 그렇다고 처음부터 그들이 비열한 목적을 지녔던 것은 아니고 그저 지난한 일상을 견디면서 자신의 하찮은 약속을 지키는 게 귀찮아졌던 것이라고 믿고 싶다. 결국 공무원들은 또다시 도나우강의 어부들에게 살아 있는 물고기를 사들여 와서 새벽에 몰래 풀어놓아야 했다.

걸음 속도가 느려지거나 눈앞이 희미해질 때마다 너와 나는 다리 밑 경계석 위에 앉아 신발을 벗고 두 발을 하천에 담갔다. 물고기들은 오른발 쪽으로 몰려들었는데, 그 미천한 것들도 이미 내가 죽어가고 있다는 사실을 알아차린 게 분명했다. 하천 관리인이 다가와 하천에서 물고기를 잡는 일은 금지돼 있다고 경고했다. 잠시 땀을 식히려 했을 뿐이라고 해명하며 장애인 증명서를 보여주었으나, 물고기를 잡는 것이나 발을 씻는 행위는 누구에게나 엄격히 금지돼 있는 만큼 자신이 정성스럽게 서명한 벌금 고지서를 거부할 수는 없다고 말했다. 부당한 조치에 항의하는 뜻으로 정수리에 새겨진 수술 자국을 들이댔더니, 하천 관리인은 티셔츠를 가슴까지 걷어 올리면서 자신이 반려용 뱀처럼 키우고 있는 생채기를 보여주는 게 아닌가.

하천의 물소리와 거품이 기억을 자극하고 이야기를 직조한다면, 그 주변에 정지한 식물들은 문자를 배열하고 이야기를 여과하는 역할을 한다. 이 도시의 사람들은 대개 농경민의 후손이기 때문에 공간을 상정하지 않고서는 이야기를 만들거나 기억할 수 없다.

하천변에 이식된 수종樹種은 도시의 공해에 잘 견디는 부류로 선정됐다고는 하나 초기에는 뿌리를 내리지 못하고 말라 죽는 것들이 많았다. 과실수는 열매를 차지하기 위해 행인들끼리 다툴 수 있다는 이유로 배제됐다. 일정 구간은 독일에 있다는 철학자의 길을 본떠 조성됐으나, 가문비나무는 살아남고 벚나무만 말라 죽은 이유가 기후 때문인지 아니면 철학 때문인지는 알 수 없었다. 양국의 평화와 번영을 기원하면서 이웃 나라 대사가 직접 심은 자작나무마저 말라 죽자 호사가들의 촌평이 이어졌다. 정부의 의뢰를 받아 하천변의 식생을 조사한 생물학과 교수는 토양이 부족하고 토질마저 척박해서 키 큰 나무들이 자라나는 데 부적합하다는 진단을 내놓았다. 공해와 해충에 강한 관목을 화초들과 함께 심는다면 더 이상의 불명예는 막을 수 있을 것이라는 조언에 따라 공무원들은 하천변 전역에 풀씨를 뿌리고 묘목을 심었다. 그러자 벌레와 새들이 몰려들었고 그것들의 배설물과 사체로 토양이 비옥해지면서 나무들이 비로소 자리를 잡기 시작했다. 나무마다 이름과 특징이 적힌 푯말이 걸렸지만 오류투성이였다. 수치심을 참다못한 행인들이 푯말을 떼어냈더니 나무들은 더욱 튼튼하고 빠르게 자라났다.

하천변을 거닐면서 식물들을 관찰하는 관광 상품이 등장했다. 가이드의 설명에 따르면, 이곳을 조성한 대통령이 자신의 고향에 자생하는 나무들을 옮겨와 향수를 달래려고 했으나 생장 환경이 맞지 않아서 한 달 사이에 모두 말라 죽었고 관리를 맡은 공무원들마저 해고됐다. 대통령은 일 년 내내 꽃을 감상할 수 있도록 하천을 따라 조화造花를 꽂아두라고 지시했다가, 주요 국가의 외교관들이 그곳에 자주 드나들면서 여론을 파악하고 있다는 이야기를 듣고 제 뜻을 철회하지 않을 수 없었다. 무지한 인간의 간섭이 사라지자 땅이 스스로 식물들의 종류를 선택하고 적당한 자리를 배치했다. 잡초라고 무시당하던 것들이 꽃을 틔우자 행인들은 그것들의 이름이 궁금해졌다.

하천변에 자라나고 있는 식물들에 대해 너와 나는 거의 알지 못했다. 그 사실이 처음엔 수치스럽게 여겨졌으나, 동네의 이웃들과도 거의 아는 체하지 않고 지내는 마당에 먼 곳의 식물 따위를 모르는 게 무슨 대수냐고 반문할 정도로 나중엔 뻔뻔해졌다. 평생 한자리에서 꼼짝하지 않고 살아가는 나무에게는 이름이 필요 없거나 수천 개의 이름이 혼용될 수 있는데도 인간들은 그것의 가치나 생태를 최초로 알아낸 자의 명예를 치켜세워주기 위해 단 하나의 이름을 자의적으로 부여한 뒤 모두에게 강요했다. 그러니 너와 내가 그것들을 다른 이름으로 부른다고 한들 그것을 부끄러워할 까닭도 딱히 없을 것 같았다. 그래서 다른 사람들 앞에선 절대 사용하지 않는다는 조건으로 너와 나는 매일 하천변에서 지나쳐 가는 나무들에 친구들의 이름을 붙였다. 제프, 카롤린, 핫산, 쉥거, 안토넬라.

그러고 보니 나무들은 인간의 신체 일부와 닮아 있어서, 그 앞을 지날 때마다 제프의 휘어진 코, 카롤린의 뭉뚝한 손가락, 핫산의 깡마른 다리, 쉥거의 윤기 없는 머리카락, 부스럼을 앓던 안토넬라의 피부가 무작위로 떠올랐다. 각각의 인간에 포함돼 있을 때는 조화롭고 아름답던 신체들을 하나씩 떼어내니 하나같이 괴기스럽게 보였다. 쓸모가 형상을 만드는 것일까, 아니면 형상이 쓸모를 빚는 것일까. 인간들은 각자의 형상으로 어떤 쓸모를 수행하고 있긴 한 걸까. 그리고 저토록 흉측한 신체들을 서로 바꿔 달면 다른 인간처럼 살 수도 있을까.

그들 중에서 카롤린만큼은 결코 잊을 수가 없다. 그녀의 아버지는 푸주한이었다. 그래서 그녀는 매일 고기를 먹을 수 있었고 너와 나보다 두 살이나 어렸는데도 키가 십 센티미터 이상 더 컸다. 하지만 자신을 놀리고 학대하는 자들을 어떻게 다뤄야 하는지는 몰랐다. 어린 압제자들은 그녀가 자신의 집에서 훔쳐 온 고기를 들고 야산으로 올라가 구워 먹었다. 어느 날 쉥거는 고기와 곁들일 포도주를 들고 와서 파티를 거창하게 만들었는데 모두 너무 취하는 바람에 잉걸불을 끄지 않은 채 그 자리에서 잠들고 말았다. 산 전체가 불덩어리로 변했을 때야 겨우 정신을 차린 아이들은 급히

산에서 내려왔지만 카롤린만큼은 그렇지 못했다. 마을 어른들이 물통을 짊어지고 산으로 올라가 치마가 불타고 있던 카롤린을 구해냈으나 그 뒤로 그녀는 혼자서는 아무것도 할 수 없는 어린아이처럼 살아야 했다. 기억력마저 거세된 탓에 가해자들은 끝까지 정체를 숨길 수 있었다. 그녀의 아버지는 마을 사람들을 만날 때마다 칼을 허공에 휘두르면서 딸에게 몹쓸 짓을 한 자를 지옥 끝까지 쫓아가 살과 뼈를 발라버리겠다고 공언했다. 너와 나의 아버지는 자식의 알리바이를 의심했지만 죄악을 집요하게 추궁하지는 않았다. 카롤린은 재활을 위해 도시로 떠났다. 너와 나는 가끔 그 야산에 올라 혹시라도 불타지 않았을 범죄의 물증이 남아 있지는 않은지 확인했다. 반년쯤 지나자 죽은 줄 알았던 나무에서 새싹이 돋고 꽃이 피었다. 그 징후를 너와 나는 카롤린이 회복되고 있다는 소식으로 받아들였다. 하지만 그로부터 반년쯤 더 지나서 그녀가 다락의 들보에 목을 매 자살했다는 소식을 전해 듣고, 조만간 그녀의 아버지가 너와 나를 찾아와 칼을 휘두를 것 같아 너무 두려웠다. 그녀가 자살을 선택했다는 건 기억력이 회복됐다는 뜻이기 때문이다. 그래서 너와 나는 어느 봄밤에 빈손으로 집을 떠나 이 도시까지 걸어왔다.

부모와 재산과 학교 졸업장이 없는 열두 살짜리 소년이 도시에서 정식으로 얻을 수 있는 직업은 아무것도 없었다. 구걸과 도둑질, 그리고 거짓말만이 생존 수단이었다. 소년원을 식당처럼 드나들다가 그곳에서 한 남자를 만났다. 절도죄로 오 년 동안 복역한 그는 금고를 만드는 공방을 열었고 너와 나를 수습공으로 받아주었다. 다만, 너와 내가 글자를 배우고 매주 한 권의 책을 읽는다는 조건을 붙였다. 너와 나는 약속을 지켰다. 그때 너와 내가 매혹당한 책들은 과학 기술과 관련된 것들이었다. 과학 기술에 대한 열정은 열패감에서 너와 나를 해방했고, 조물주의 이름을 걸고 맹세하건대, 금고를 만든 뒤부터 단 한 번도 구걸과 도둑질과 거짓말로 연명하지 않았다. 하지만 이미 영혼에 섭새겨진 죄악을 지우거나 줄일 수는 없는 노릇이었다. 자살은 망각하는 방법이었지 속죄의 방편은 결코 아니었다. 살아 있는 것 자체가 감옥에 자신을 가두는 일이라고 여기며 견뎠더니, 환갑이 넘은 나이에 갑자기 하나의 영혼이 두 조각으로 쪼개지면서 추악한 비밀을 은밀하게 숨겨놓을 고해소가 오른쪽 절반에 생겨났다. 기적적으로 찾아온 기회에 현명하게 대처한다면 왼쪽 절반뿐인 나는 자살이 아닌 방법으로도 조만간 망각과 속죄를 동시에 성취할 수 있을 것 같았다.

하천변으로 내려가는 계단에서 가장 먼저 마주치는 나무에다 카롤린이라는 이름을 붙였다. 몸피는 매끈하고 단단한데 가지는 가늘고 부드러우며, 손바닥 크기의 나뭇잎은 햇볕이 투과될 정도로 얇았다. 봄에 꽃을 틔우지 않고도 구슬 같은 초록색 열매가 가을에 맺혔다. 열매가 떨어진 자리에선 생강 냄새가 났다. 항상 물기를 머금고 있어서 불에 쉽게 타지 않을 것 같았고 가지에 목을 맨 자를 공중에 일 분도 들고 서 있을 수 없을 정도로 연약해 보였다.

비둘기나 참새는 하천을 복원하기 이전부터 이곳에 살고 있었고 그 밖의 새들은 하천이 다시 흐르게 된 이후에 조금씩 나타났다. 작은 새들은 나뭇가지에 매달려 먹이를 직접 구했지만 덩치 큰 새들은 나무 아래를 어슬렁거리면서 뜻밖의 횡재를 차지하기 위해 동족과 경쟁했다. 돌아갈 때를 놓쳤거나 일행으로부터 버림받은—아니면 공무원들이 동물원에서 은밀하게 사들여서 풀어놓았을— 철새들은 행인들의 카메라 따위엔 아랑곳하지 않은 채 민첩하게 사냥하고 우아하게 휴식을 취했기 때문에 이곳에서 가장 유명한 피사체로 주목받았다. 위장술에 실패한 곤충들이나 물고기들은 자신들의 진화가 새들의 위장胃腸에서도 계속될 것이라고 믿는 듯했다.

날개를 지녔는데도 대부분의 일상을 지상에서 보내는 비둘기들은 너와 나처럼 미천한 인간에게마저 혐오감을 불러일으킨다. 너와 내게 날개가 생겨난다면 뼈가 녹아내릴 때까지 허공을 가로지르다가 운명의 끝에 도달했을 때 지상의 소멸점을 향해 전속력으로 낙하하면서 젖은 육체를 잘게 찢어 사방으로 흩뿌릴 것이다. 회한이나 환멸은 없다. 살점 한 조각 붙어 있지 않은 영혼이 윤회의 사슬을 끊고 돌 속에 영원히 갇히길 간절히 소망할 따름이다.

원래 이 도시에는 비둘기가 살지 않았다. 비둘기의 다리에 편지를 묶어서 연인에게 보내는 전통도 없었다. 군인 출신의 독재자가 정권의 정통성을 세계만방에 홍보할 목적으로 국제 스포츠 행사 두 건을 연달아 개최하면서 이웃 나라에서 비둘기를 들여왔다. 개막식에서 독재자는 백여 명의 아이들과 경기장 한가운데에서 백여 마리의 비둘기들을 일제히 공중으로 날렸다. 하지만 독재자의 손을 떠난 흰 비둘기는 멀리 날아가지 못하고 이내 바닥으로 꼬꾸라졌다. 독재자가 비둘기의 몸을 너무 오랫동안 세게 누른 바람에 숨통이 끊어진 것이다. 이 촌극은 이 나라의 민주주의가 독재자의 손에 질식당하고 있다는 사실을 세계만방에 알렸다. 하늘로 날아오른 비둘기들은 사육장으로 되돌아오도록 훈련받았으나 회귀율은 절반에도 못 미쳤다. 훈련을 담당한 공무원은 갑작스러운 돌풍이나 맹금류의 공격으로 길을 잃었을 것이라고 변명했지만 잔혹한 고문을 피할 순 없었다. 졸지에 자유와 저항의 상징이 된 비둘기들은 곳곳에 무리를 지어 번식하더니 십여 년 만에 도시를 장악했다. 시민들은 그것들이 그악스럽게 소란을 벌이는 통에 휴식할 수 없었다. 유해 조수로 지정된 뒤에도 개체수가 전혀 줄어들지 않자 비둘기에게 먹이를 주는 시민을 처벌할 수 있는 법령까지 등장했다.

비가 갠 아침 하천변에 뱀 한 마리가 어슬렁거렸다. 어리고 독이 없는 뱀이었는데도 서너 명의 행인들이 일제히 달려들어 우산 끝으로 찌르고 발로 밟아 기어이 죽였다. 그러고는 자신들의 작은 승리를 기뻐하며 자랑했다. 어쩌면 그들의 행동 덕분에 뱀의 먹잇감들은 목숨을 부지하게 됐을 수도 있다. 하지만 뱀으로 태어났다는 사실이 그토록 잔혹한 폭력을 당해야 할 정당한 이유가 될 수 있을까. 누구든지 허기를 느끼면 뭔가를 삼켜야 한다. 배가 부르면 동물들은 상대의 목숨을 탐하지 않는다. 반면 인간들은 허기와 상관없이 누군가를 매일 죽이고 없앤다. 인간으로 태어났다는 사실이 그들의 행동을 모두 이성적이고 이타적인 것으로 윤색한다.

너와 내가 이 사회에 해로운 존재라는 사실이 알려지는 즉시 이웃들은 망설이지 않고 너와 나를 무자비하게 공격할 것이다. 그리고 오지의 요양병원이나 보호시설 같은 곳에 영원히 가둬두려 하겠지. 감옥에 가두려면 번거로운 법적 절차를 거쳐야 하지만 병원이나 보호시설은 의사의 진단서와 가족들의 동의서만을 요구하고 설령 그것들이 위조됐어도 괘념치 않는다. 얼마 남지 않은 여생에 온전히 집중하고 싶다는 너와 나의 요구를 받아들인 것뿐이라고 둘러댄다면 아내는 자신의 슬픔을 전혀 의심받지 않을 것이다. 물론 합법적인 방법으로 너와 나의 재산을 차지할 수 있을 때까지 아내는 어쩔 수 없이 일주일에 두어 번씩 오지까지 너와 나를 찾아와야 한다.

덤불 사이에서 반짝이는 게 있어 걸음을 멈추고 들여다봤더니 새의 알이었다. 어미 새는 허기를 해결하러 잠시 자리를 비운 것 같았다. 천적이나 행인의 접근을 막기 위해 너와 나는 그 자리에서 한참 동안 보초를 섰다. 하지만 이 주제넘은 참견 때문에 어미 새가 둥지로 돌아오지 못하는 것일지도 모른다는 생각이 뒤늦게 들어 자리를 급히옮겼다. 멀찌감치 떨어져서 안절부절못하다가 결국 어미 새의 귀가를 채 확인하지 못하고 하천변을 빠져나왔다. 다음 날 아침 그곳을 다시 찾아가보니 둥지는 텅 비어 있었다. 쥐나 고양이의 소행같았지만 너와 나의 호기심이 그 비극을 초래했을수도 있었다.

하천변에 늘어선 나무들의 몸통에 붉은 방점이찍혀 있는 걸 발견하고 숨이 멎었다. 너와 나는 그것이 어떤 의미인지 단번에 알아차릴 수 있었다. 백여 년 전 이 나라를 무력으로 점령한 이국의 황제는 지하 감옥에 갇혀 있는 정치범들의 이름 위에 붉은 점을 찍었다. 그러면 낙점된 자들은 다음날 광장으로 끌려 나와 시민들 앞에서 참수됐고 그들의 목은 한 달여 동안 성벽에 내걸렸다. 멀리서 그것은 허공에 찍힌 검붉은 방점처럼 보였다. 곤충들이나 새들조차 죽음의 기호 근처에 얼씬거리지 않았다. 희생자들은 훗날 독립 영웅으로 추앙받았지만 그들이 겪었던 고통은 후손들을 각성시키기 위해 교도소와 박물관 안에서 여전히 생생하게 재현되고 있다. 그곳을 방문했다가 큰 충격을 받았던 너와 나로서는 붉은 방점이 찍힌 채 가지런히 늘어서 있는 나무들의 운명을 한눈에 알아차릴 수 있었다. 하지만 나무를 자른 곳에선 머지않아 인간도 똑같이 추방당할 것이다.

그래서 너와 나는 어느 날 새벽 붉은 페인트 통을 들고 하천변을 두 시간 남짓 걸으면서 모든 나무의 몸통에 붉은 방점을 찍었다. 모든 나무가 원죄를 공평하게 나누어 갖는다면 모두 용서받을 수 있을 것으로 판단했기 때문이다. 절반의 신경과 근육만으로 균형을 잡으면서 붓질을 하다가 발을 헛디뎌 하천으로 굴러떨어질 뻔한 위기를 여러 번 넘겼다. 첫 번째 행인이 하천변에 나타나기 전에 간신히 과업을 마치고 공장에 출근했지만 오전 내내 오한과 탈수 증상에 시달리다가 결국 병원 응급실로 실려 갔다. 의사의 만류를 뿌리치고 다음 날 아침 퇴원하자마자 하천변으로 찾아갔더니, 붉은 방점이 찍혀 있는 모든 나무가 잘려나간 참혹한 광경이 펼쳐져 있었다. 카롤린은 물론이거니와 제프와 핫산, 안토넬라도 참수됐다. 껍질이 동물들이나 행인들에 의해 벗겨져 나간 덕분에 쉥거만큼은 기적적으로 학살을 피할 수 있었다. 벌목꾼은 공무원의 지침을 전혀 의심하지 않았던 게 분명했다. 너와 나의 무책임한 선의 때문에 원래의 계획보다 훨씬 많은 나무가 화를 입었다. 모든 나무에 카인의 표식을 새겨 넣을 게 아니라 어떤 나무들에 새겨진 그것을 지우는 게 현명한 방법이었다.

쉥거의 기적적인 생존을 반기지 않는 건 결코 아니다. 그를 증오했다면 매일 하천변에서 만나는 나무에 그런 이름을 붙였을 리가 없지 않은가. 너와 나는 그를 사랑했다. 다양한 군상들 속에서 제인생을 온전히 지켜내는 데 필요한 덕목, 즉 이기심과 사교성, 기민함과 단순함, 맹목과 열정, 심지어 체력까지 완벽하게 지닌 쉥거를 너와 나는 몹시 부러워했다. 친구는커녕 자신의 가족들조차 믿지 않던 쉥거가 아주 가끔은 너와 나의 쓸모를 인정해준 적도 있다. 너와 내가 구걸이나 도둑질, 거짓말로 벌어들인 돈과 음식을 그와 나누었을 때 특히 그랬다. 하지만 너와 내가 카롤린의 유령에 쫓겨 야반도주하자 그는 너와 나에게 복수하겠다고 공언했다. 신출귀몰한 그가 어느 날 불쑥 너와 내 앞에 나타날까봐 두려워 이 년 남짓 공방에 처박힌 채 일을 배우고 책을 읽었다. 환갑이 지난 지금까지도 카롤린의 유령을 피해 다니고 있지만, 그래도 늙은 쉥거와 마주친다면 더 이상 뒤로 물러나지 않고 다짜고짜 뺨 한 대 갈길 만큼은 단련된 것 같다. 대규모의 벌목이 진행되기 전까진 그렇게 믿었다. 하지만 카롤린이나 제프, 핫산, 안토넬라가 사라지고 골고다 언덕의 십자가처럼 쉥거만 살아남은 현실에서 누가 누구를 왜 용서해야 하는지 분간할 수 없었다. 그렇다고 속죄 없는 용서를 기대한 것은 아니다.

쉥거가 카롤린의 환심을 얻기 위해 애썼다는 사실을 너와 나는 갑자기 기억해냈다. 자존심이 강한 그는 친구들을 동원해 카롤린에게 두어 차례 수작을 걸었다가 모조리 거절당한 뒤로 그녀 주변에서 얼씬도 하지 않았다. 하지만 자신이 꾸며낸 모험담으로 친구들 앞에서 한동안 거드럭거렸고 진위를 의심하는 자들을 처참하게 쓰러뜨렸다. 친구들 사이에서 카롤린은 음탕하고 이기적인 마녀처럼 회자됐는데, 나중에 쉥거는 그 소문들이 자신의 거짓말에서 비롯했다는 혐의를 전혀 부인하지 않았다. 재갈이 물리지 않은 말들은 매일 밤 카롤린을 찾아가서 새벽까지 몹쓸 짓을 하다가 급히 사라졌다.

어느 날 새벽 몽마夢魔처럼 뇌졸중이 찾아와 나에게서 네가 떨어져나간 뒤부터 아내는 비공식적으로나마 일처다부제를 받아들였다. 아내는 혼자서는 하찮은 일조차 제대로 처리하지 못해 끊임없이 도움을 요청하던 나에게 넌더리가 난 지 오래다. 그녀는 죽은 자와 다름없는 너를 나보다 훨씬 더 사랑한다. 반푼이인 내가 온종일 금고 공장에서 일해 벌어들인 돈으로 생활하면서도 아내는 매일 밤 나를 따돌린 채 너와 잠자리에 든다. 거기서 그녀는 자신의 비밀과 고민을 털어놓는다. 너는 어떤 이야기에도 호응하지 못하지만 그녀는 전혀 불평하지 않는다. 그 정도의 역할은 나도 맡을 수 있다고 말했다가 아내의 부아를 돋우고 말았다. 이제 아내는 내 숨결만 닿아도 기함할 정도다. 당장이라도 너와 나를 떠나 정부에게 안착하고 싶지만 가난한 자신이 환영받지 못할까봐 걱정하고 있다. 뇌졸중이 찾아오기 전에 내게서 금고의 비밀번호를 알아내지 못한 걸 후회하며 지금이라도 그걸 알아내기 위해 부사장을 유혹하고 있는지도 모른다. 사업보단 명예에 더 관심이 많은 그가 금고의 작동 원리조차 이해하지 못하면서도 네 명의 여자들 사이를 오가면서 재력을 과시하고 있다는 사실을 아내가 알 리 없다. 젊고 잘생긴 데다가 조만간 아버지의 사업을 통째로 물려받게 될 부사장은 마치 십자군과 정조대가 유행하던 시대의 열쇠공 같다. 네 명의 유부녀들이 각자의 남편 몰래 금고 문을 몰래 열어젖히기 위해 밤마다 그를 유혹하고 있지만 정작 그는 그녀들의 영원한 자유와 행복을, 바꿔 말하자면 남편들의 영원한 실패를 절대 원하지 않는다. 너와 나는 매일 아침 그의 모험담을 들으면서 자연스레 쉥거를 떠올린다. 그리고 그가 아내의 안부를 물어올 때마다 마치 그녀의 정조대 열쇠를 잃어버린 것 같아 모골이 송연해지기도 한다. 내 아내의 침실로 숨어들 기회를 호시탐탐 엿보고 있는 그로선 뇌졸중이 발발한 뒤에도 삼 년 이상 버틸 수 있는 환자가 이십 퍼센트나 된다는 연구 결과를 결코 순순히 받아들일 수 없는 게 분명했다.

아내의 귀가가 늦어지자 너와 나는 일요일 저녁에 집을 나와 하천변을 하염없이 걸었다. 듬성듬성 서 있는 가로등이 고장 나 있어서 풍경이든 행인이든 코앞까지 다가가야 비로소 그것의 정체를 알아차릴 수 있었다. 나무라고 생각했는데 자세히 보니 창녀였다. 산책이나 조깅에는 절대 어울리지 않은 시간과 옷차림이었으므로 너와 나의 짐작이 빗나갈 수는 없었다. 하지만 너무 늙어서 어쩌면 제이차세계대전에 참여한 군인들에게만 정체가 알려졌을 것 같았다. 박물관에 전시되어야 할 몸으로 지금까지 밥벌이하고 있다는 사실이 경이로웠다. 무엇이 그녀를 여전히 살아 있게 하는지 굳이 알고 싶진 않았다. 그 여자에게도 세상은 너무 어두워서 너와 내가 두 발로 걷는 것조차 힘겨워한다는 사실을 즉각 알아차리지 못했다. 음식과 잠자리가 절실했던 그녀에게 너와 내가 건넬 수 있는 건 알량한 동정심과 그보다도 더 형편없는 금액의 동전뿐이었다. 한참을 머뭇거리던 그녀는 이 행동을 다른 의미로 해석하고 하천변의 나무 그늘 아래로 걸어 들어가—그 근처에 한때 안토넬라가 서 있었다는 사실을 알아차리지 못할 만큼 어두웠다— 치마를 걷어 올리는 게 아닌가. 죽음의 신이 너와 나를 시험하려 하는 것 같았다. 그래서 그녀를 향해 동전을 집어 던지면서 이미 걸어온 쪽으로 급히 걷기 시작했다. 짙은 어둠이 우스꽝스러운 사건과 등장인물들을 모조리 지워줄 것으로 생각하니 거리낄 게 없었다. 걷는 내내 욕지거리를 내뱉었다. 도로로 이어지는 계단에 도달할 때까지 두 번이나 넘어졌지만 개의치 않았다. 시내버스 정류장의 벤치에 앉아 가쁜 숨을 내쉬고 있을 때 네가 슬그머니 내 손에 뜨거운 무엇을 쥐여주었다. 하지만 나는 정체를 확인하지 않은 채 그것을 하천에 던져버리고 너를 시체처럼 땅바닥에 끌면서 집으로 돌아왔다. 너무 일찍, 그리고 너무 깊게 잠드는 바람에 아내가 정부를 데리고 귀가했는데도 전혀 알아차리지 못했다.

하천변을 걸으면서 너와 내게 절대 일어나지 않길 간절히 소망하는 사건은 휠체어를 탄 모험가들과 부딪히는 게 아니고, 비밀경찰에 연행되는 것도 아니며, 폭우나 폭설에 갇혀 옴짝달싹 못 하거나 독사에게 발목을 물리는 것도 아니다. 그것은 정부의 팔짱을 끼고 가는 아내와 정면으로 마주치는 것이고, 시선이 마주쳤는데도 아내가 너와 나를 알아보지 못한 채 지나가는 것이며, 너와 내가 순순히 벽 쪽으로 물러나면서 그들에게 길을 터주는 것이다. 그런 사건이 실제로 일어난다면 너와 나를 이미 죽은 자라고 간주해도 상관없겠다.

정체가 불분명한 것들—가령 안개나 각다귀, 꽃가루, 눈, 는개, 그림자, 심지어 매미의 소음까지—이 눈앞에 어른거릴 때마다 너와 나는 그것이 죽음의 전조라고 생각하고 걸음을 멈춘 채 눈을 감았다. 십여 초쯤 지나 눈을 떴을 때 낯익은 세상은 두어 발짝 앞이나 뒤로 옮겨져 있었고, 두어 발짝의 거리를 되돌리기 위해 십여 분쯤 제자리에 앉아 있어야 했다.

자신을 요리사라고 소개한 행인은 아몬드 한 줌과 말린 무화과 두 개를 너와 나의 바지 주머니에 찔러주면서 그것들이 뇌혈관을 막고 있는 찌꺼기를 없애는 데 도움이 될 것이라고 귀띔했다. 너와 나는 그 남자가 시야에서 완전히 사라질 때까지 제자리에 꼼짝하지 않고 서 있다가, 죽음에 잠식당한 병자로서 동정받은 게 아니라 운명에 맞선 영웅으로서 존중받았다는 생각에 울컥해졌다.

행인들에게 유인물을 나눠주는 여자와 마주치기도 했다. 그녀는 치매를 앓고 있는 어머니를 나흘째 찾고 있었다. 이곳을 함께 산책할 때마다 어머니는 딸에게 고향으로 돌아가고 싶다고 말했다는데, 이성이 마비된 어머니가 이곳을 고향으로 착각하고 들렀을 것이라고 딸은 추측했다. 그래서 새벽부터 저녁 늦게까지 하천변을 오가며 어머니의 사진과 자신의 연락처를 나눠주고 있지만 목격자를 찾아내진 못했다. 너와 내가 그녀의 허기를 위로한답시고 주머니 속의 사탕을 건네려 했다가 끝내 그녀를 울리고 말았다. 다음 날부터 그녀가 하천변에 나타나지 않는 사실을 너와 나는 해피엔딩으로 해석했으나 혀와 코끝에 맴도는 맵싸한 기운의 정체를 서로에게 설명할 수가 없었디.

한 늙수그레한 남자가 멀리서 손을 흔들며 다

가왔다. 정확히 말하자면 그 남자는 내가 아닌 너를 알아본 것이다. 그런데도 그 남자는 다짜고짜 나의 멱살을 붙잡더니—너는 나를 앞으로 밀치면서 용케 그의 손아귀에서 빠져나갔다— 자신에게 빚진 돈을 이틀 안에 갚지 않으면 가족들을 몰살시키겠다고 윽박질렀다. 뇌졸중을 앓고 있는 자가 도시 한복판에서 봉변당하고 있는데도 열 명 남짓의 행인들은 힐끔거리면서 걸어갈 따름이었다. 그들은 무심한 벽이나 나무 같았고, 비둘기 같았고, 공기 같았고, 시체 같았다. 그래서 나는 너를 대신해 변상을 약속하지 않을 수 없었다. 멱살을 풀고 나의 신분증을 자세히 확인한 뒤에야 비로소 그 남자는 자신의 실수를 인정하고 사과했는데, 어느새 내 옆으로 슬그머니 돌아와 있던 너는 자신의 기도 덕분에 기적이 일어났다며 침을 튀겼다.

다리를 절면서 걸어오는 소녀와 마주치는 게 너와 내가 하천변에서 누릴 수 있는 가장 큰 호사였다. 산책이 목숨을 연장해줄 것이라는 의사의 조언은 점점 잊혔다. 당위當爲는 곱씹으면 곱씹을수록 떫어진다. 그것은 결코 열락悅樂이 될 수 없다. 겨우 열여덟 살 남짓 됐을 그녀는 티셔츠에 반바지를 입고, 슬리퍼 신고, 직물 가방을 왼쪽 어깨에 메고, 이어폰을 긴 채 무심한 얼굴로, 마치 물고기처럼, 하천의 낮은 쪽 길을 걸어, 매일 아침 너와 나를 지나쳐 갔다. 인간에게 공기가 보이지 않듯 물고기는 물을 볼 수 없다지만, 인간과 물고기는 서로를 쳐다보며 상대의 생존 조건을 분명하게 인지한다. 그러니 인간과 물고기는 한 생애에서 결코 화합할 수 없다고 그녀의 투명한 표정이 너와 나에게 말하는 것 같았다. 아내처럼 그녀 역시 나보다는 너에게만 잠깐 관심을 보이다가 이내 눈길을 거두었다. 하지만 그녀의 순수함과 도도함은 오히려 나의 찬탄을 불러일으켰다. 그렇다고 그녀와 어떤 불안정한 상태에 함께 도달하고 싶은 욕망 따윈 전혀 없다. 그저 멀리서 그녀를 지켜보면서 생의 의지를 팽팽하게 되감고 싶을 따름이다. 니와 나는 매일 같은 시간에 같은 장소에서 그녀가 지나쳐 가는 시간을 기록했다. 그녀는 멀리서 천천히 너와 나를 향해 걸어오는 게 아니라, 너와 내가 그쪽을 간절하게 쳐다보는 순간, 시공간의 틈새를 벌리고 한꺼번에 등장하는 것 같았다. 그렇지 않고서야 그녀의 존재감이 땀과 열기와 가쁜 숨소리에도 전혀 줄어들지 않고 되려 더욱 선명해지는 까닭을 도저히 설명할 수 없었다. 그녀가 걷는 쪽은 불교의 피안彼岸이었다. 너와 나는 언제든 하천을 건너가 그녀와 어깨를 스칠 수도 있었으나 그녀마저 이곳에서 영원히 추방당하게 될까봐 두려워서 차마 그렇게 할 수 없었다. 다행히 너와 내가 걷는 지대는 그녀의 세계보다 높이 솟아 있어서 그녀를 정밀하게 관찰하는 데 유리했다. 하천변의 나무들은 그녀를 잠시 감추기도 했지만 그녀의 예민한 시선에서 너와 나를 숨겨주기도 했다. 그녀가 지나가고 나면 너는 나에게 미약하지만 불쾌한 신호를 보내왔고, 너무 많은 죄를 지어 내게 차꼬처럼 매달려 있는 너를 서둘러 떼어내야겠다는 조바심이 꿈틀거렸다.

오, 딱따구리처럼 머리카락을 붉게 염색했구나, 투명한 피부와 너무 잘 어울린다. 날카로운 부리

로 자신을 경멸하던 자들의 정수리에 유다의 구멍
을 뚫어다오.

오, 이런 날 하이힐을 신고 걷는다면 세상의 모
든 남자들이 네 발밑에 무릎을 꿇을 텐데. 그러면
너는 그들의 등을 밟으면서 폐허를 무사히 건너가
거라.

이토록 이른 시간에 누구와 전화 통화를 하는
걸까? 집을 나서면서 뭘 두고 나왔을까? 아니면 직
장 상사로부터 핀잔을 듣고 있는 걸까? 부당한 대
우라면 더 이상 참지 말고 전화를 강물에 던져버
려라. 너와 내가 대신해 복수해주겠다. 애인에게
애교를 떨고 있는 것이라면 세상에서 가장 축복받
은 그가 지금 당장 해야 할 일이 무엇인지 분명히
알아차릴 수 있도록 더 격렬하게 흔들어다오.

네게 다가오는 저 녀석을 경계해야 한다. 그는
네 앞을 막아서며 다짜고짜 프러포즈할지도 모른
다. 그에게 아무런 눈길도 주지 마라. 그러면 그

는 자신의 처량한 처지를 깨닫고 곧장 도망칠 것
이다. 하지만 애처로운 시선이라도 보낸다면 그는
너를 이곳의 유일한 주인으로 만들기 위해 행인들
을 모두 하천에 빠뜨리려 할 것이다. 그만큼 네 사
랑의 능력은 몹시 위협적이다.

한때 그 소녀는 너와 나의 아내였고 그 남자가
너와 나였으며, 너와 나이기 전에는 오롯이 나 혼
자였다. 태어난 뒤로 단 한 번도 세상의 축복을 받
아본 적이 없는 나를 아내는 성실한 당나귀나 튼
튼한 우산 정도로 여기고 프러포즈를 흔쾌히 승
낙했는지도 모르겠다. 감격한 나는 아내를 세상의
유일한 주인으로 섬기려고 최선을 다했지만 결혼
생활 내내 아내가 유일하게 갈망한 것은 이혼뿐이
었다. 생존 조건을 통째로 바꿀 수는 없어도 생활
방식은 양보할 수 있었는데도 아내는 관심을 보이
지 않았다. 지금 생각해보니 아내의 일탈을 부추
긴 게 바로 너였고, 일말의 책임감을 느꼈다면 너
는 나에게서 분리되지 말았어야 했다.

비가 내리는데도 소녀는 우산을 쓰지 않은 채 걸어왔다. 너와 나는 하천을 건너가 그녀에게 점퍼라도 건네고 싶었다. 그때 뒤따르던 젊은이가 자신의 우산으로 그녀의 허공을 가려주었다. 타인이 갑작스럽게 건넨 호의에 놀라지 않고 자연스레 받아들이는 것으로 보아 그녀에겐 그런 사건들이 자주 일어나고 있으며, 자신이 얼마나 매력적인 존재인지 그녀 스스로 인지하고 있는 게 분명했다. 그러니 너와 나의 눈엔 더욱 사랑스럽게 보일 수밖에.

밤새 악몽에 시달린 것인지, 아니면 걱정거리로 잠을 설쳤는지 우울한 표정으로 소녀가 너와 나를 지나쳐 갔다. 마치 그녀는 공장의 컨베이어 벨트를 따라 흘러가는 도자기 인형처럼 보였고 흠결을 발견한 최종 검사원의 망치에 맞아 조만간 박살이 날 것만 같았다. 눈이 마주쳤는데도 그녀는 마치 아무것도 보이지 않는 것처럼 시선을 돌리지 않았다. 그렇다고 너와 내게 도움을 요청하는 것 같진 않았고 오히려 자신의 일생에 더 이상 개입하지 말라고 경고하는 것 같았다. 긴박한 순간에 자신을 도와줄 수 있는 자가 주위에 반푼이밖에 없다는 상황이 못마땅했을지도 모른다. 그녀는 자신의 비참함을 알아챈 너와 나를 경멸하는 게 분명했다. 너와 나의 몸이 점점 굳어갔다. 벼락을 맞은 나무처럼 쓰러지기 직전에 행인의 도움으로 간신히 중심을 잡을 수 있었다. 그녀를 태운 컨베이어벨트는 하천 건너편의 소란에도 아랑곳하지 않고 비극적 종말을 향해 전진했다. 물을 마시면서 숨을 돌린 너와 내게 문득, 건강을 회복하고 나면 그녀에게 세상에서 가장 튼튼한 금고를 만들어주어야겠다는 생각이 찾아왔다. 다리가 불편한 여자는 천대받을 수 있어도 금고를 지닌 여자는 절대로 멸시당하지 않을 테니까. 비밀을 지닌 자는 안전해진다. 더 정확히 말하자면, 중요한 비밀을 지니고 있다는 사실이 알려진 한 보호받을 수 있다. 그 비밀이 가능한 한 많은 자들의 호기심과 무력감을 동시에 자극할 수 있다면 더할 나위 없겠지. 자신에게 치명적 상처를 입힐 흉기를 영원히 없앨 수 없다면 적어도 금고 속에 넣어두고 오랫동안 숨길 수는 있을 텐데, 그 금고를 가질 수 없으니 그것의 주인을 살려두고 가깝게 지낼 수밖에 없다는 사실을 보호자들이 깨달아야 한다. 그러려면 금고는 주인에게조차 결코 열려서는 안 되며—이 사실을 보호자들에게 들켜서도 안 된다— 그 안에 숨겨져 있는 비밀 역시 끊임없이 교체돼야 한다.

가령 허공의 기묘한 구름을 향해, 바람의 갈기를 쓰다듬는 나뭇잎을 향해, 어른의 키보다 두 배 이상 높게 자란 그림자를 향해, 건물에 반사된 태양을 향해, 새들을 향해, 카루소의 노래를 향해 희미하게 웃고 있는 소녀를 보았을 때 우리는 문득 천국의 입구에 서 있다는 사실을 깨달았고, 단 일 분이라도 그 안을 들여다볼 수만 있다면 기꺼이 여생을 포기하겠노라고 다짐했다. 살아서 결코 닿을 수 없는 곳이라면 죽어서도 닿지 못하는 게 아닐까. 홀로 고통스럽게 죽은 자가 천국에서 할 수 있는 게 뭐가 있단 말인가. 그러니 죽은 자는 아무 곳으로 가지 않고 아무것도 할 수 없어야 한다. 반대로 말해, 어딘가에 닿고 싶거나 무엇인가를 하려고 한다면 어떻게든 살아남아야 한다.

　우리는 주말 아침에도 평일과 같은 시간에 집을
나와 하천변을 산책했다. 예전에는 금고를 구매하
려는 사람들이 너무 많아서 —무덤 속까지 자신의
재산이나 비밀을 들고 가고 싶은 자들이 대부분이
었다— 토요일 오후에도 특근을 해야 했지만 요
즈음엔 일감이 크게 줄어들어 주말에는 공장 문을
닫았다. 설령 주말에 급히 마무리 지어야 할 일이
생기더라도 뇌졸중을 앓고 있는 직원을 찾진 않을
테니 우리는 느긋하게 휴식을 즐길 수 있었다. 낮
은 인건비와 높은 교육 수준 덕분에 다국적기업
들의 투자가 매년 늘어가고 있다는 정부의 발표
는 대체로 사실인 것 같지만, 그 기업들이 거둬들
인 막대한 이익을 사회 복지에 정당하게 환원시키
는 정책이 큰 실효를 거두고 있다는 뉴스는 곧이
곧대로 믿을 수 없었다. 만약 그게 사실이라면 왜
우리 같은 중증 환자들이 요양병원에서 편히 쉬지
못하고 매일 일터로 나가야 한단 말인가. 토요일
아침 하천변에서 우리는 평일 출근길에 마주치는

자들을 절반가량 만났다. 거기엔 카루소와 소녀도 포함돼 있었는데 그들의 영혼은 아직 침대 밖으로 빠져나오지 못한 것 같았다. 나머지 절반의 행인들은 처음 만나는 자들이었다. 아침까지 술을 마시고 귀가하는 젊은이들도 있었고, 무거운 짐을 짊어진 짐꾼들이나 선생을 따라 단체로 소풍 나온 아이들도 지나갔다. 우리는 딱히 갈 곳이 없었으므로 하천변의 바위 위에 걸터앉아서 졸거나 주변을 두리번거렸다. 점심시간이 가까워지자 늙은이들과 연인들의 숫자가 늘어났다. 반면 일요일 아침에는 조깅을 하거나 산책하는 자들이 거의 보이지 않는 대신 정장 차림으로 성당에 가는 가족들이 자주 나타났다. 일요일 아침에는 카루소와 소녀가 하천변에 등장하지 않아서 그나마 다행이었다. 제대로 쉬지 못하면 제대로 일할 수도 없을 테니까. 그래서 우리도 일요일엔 집 안에 머물렀는데, 아내와의 격렬한 다툼은 거의 모두 일요일 오후에 집중됐다.

그렇다. 나는 언제부턴가 우리라는 단어 속에

너와 나를 함께 담아서 말하고 있다. 그렇다고 내가 너와 타협한 건 결코 아니다. 하나의 육신을 나눠 쓰면서 똑같은 습관과 능력을 지니게 된 마당에 너와 나의 특징을 구분하느라 더 이상 시간과 정력을 소모하고 싶지 않았기 때문이다. 그렇다. 일 년 동안 거의 매일 두 시간씩 산책했는데도 너와 나는 일 년 전보다 죽음에 더 가까워졌다. 너와 나에게 동시에 일어날 죽음이 우리를 결속시킨 것이다. 만약 아내가 이 사실을 눈치챘다면 금고 공장의 직원들을 모두 침실로 불러들여 금고 문을 열 수 있는 모든 방법을 시도할지도 모른다.

너무 가깝게 심어진 두 그루의 나무가 서로의 살을 파고들면서 부름켜를 잇고 양분과 수분을 공유하다가 결국 하나의 개체로 결합하는 현상을 식물학자들은 연리連理라고 부른다. 그 뒤로 설령 한쪽 나무의 뿌리가 통째로 잘려 나가더라도 다른쪽 나무의 뿌리에서 공급된 양분과 수분으로 전체가 살아남을 수 있다. 서로를 속박하다가 결국 흡수해버린 것이다.

늙은 여자들이 다리 밑에 신발을 벗고 둘러앉아 해바라기 씨앗을 까먹는 모습이 무척이나 정겨워 보였다. 어쩌면 한 인간이 이야기할 수 있는 부분만이 곧 그의 인생이자 세계일지도 모르겠다. 우리는 여태껏 그걸 깨닫지 못했다. 늦게나마 깨달았지만 우리의 이야기를 들려줄 사람이 주위에 단한 명도 없다. 그러니 우리에겐 기억해야 할 인생이나 세계가 존재하지 않는다. 반면 아내는 우리와 함께 살았던 시공간을 자신의 정부들에게 자세하게 기억시키고 있을 테니 그들은 금고의 내부보다도 더 비좁은 세계에 갇혀 지낼 게 분명했다.

겨울의 징후가 점점 강해지자 우리는 몸을 더욱 움츠리고 손발 끝의 감각에 집중해 걸었다. 굳이 무언가를 설명하거나 이해하려고 애쓰지 않았다. 그저 왼쪽에서 자라나는 생각이나 감정을 부지런히 오른쪽으로 밀어내는 것으로 대화는 유지됐기 때문이다. 하천변의 나무들은 나뭇잎과 열매를 모두 털어내고 철조망처럼 변신했다. 곤충과

새들은 사라졌다. 물고기들은 돌 틈에 숨어 에너지를 아꼈다. 노숙자들이 따뜻한 곳으로 옮겨 가면서 하천 관리인은 하천변의 쓰레기통을 비우느라 바빠졌다. 낙상이 염려되는 구간들이 폐쇄되면서 행인들의 숫자도 눈에 띄게 줄었다. 하천변은 마치 거대한 보아뱀이 벗어놓은 허물처럼 변해 그 안에 갇힌 소리는 크게 울렸다가 길게 메아리쳤다. 대개 내가 말했고 너는 들었다. 부모나 친구들, 고향과 음식, 책과 여행, 금고와 폭탄, 아내와 장모까지, 시간의 순서를 따르지 않고 생각나는 대로 떠들었다. 실마리를 찾기가 어려웠을 뿐이지 일단 풀리기 시작하면 이야기의 개연성이 우리의 몸을 앞뒤로 밀고 당겼다. 걸음걸이 속도가 줄어드는 곳에선 물소리도 잦아졌다. 만약 우리의 이야기가 끊이지 않고 이어진다면 영구기관—에너지를 외부로부터 공급받지 않고서도 스스로 작동할 수 있는 기계—이 장착된 기차처럼 우리의 운명도 영원히 작동할 수 있을 것이라는 망상에 빠지기도 했다. 혼잣말하며 걷는 우리가 괴이쩍게 보였겠지만 전혀 괘념치 않았다. 이따금 목도리를 두르고

마스크까지 한 카루소와 마주치기도 했는데, 그는
마침내 우리에게 존경심을 품게 됐는지, 또는 오
디션에서 허망하게 탈락했는지, 노래는커녕 허밍
조차 하지 않은 채 눈치만 살피면서 지나갔다. 절
름발이 소녀는 옷을 너무 많이 껴입고 있어서 우
리에게 들키지 않고 지나쳐갈 수 있었다.

우리가 소멸한 세계에서 어떻게 살아갈 것인지
아내의 이야기를 자세히 들어본 뒤 그녀가 새로운
인생을 시작할 준비가 됐다고 판단된다면 첫 번
째 금고에서 기폭 장치를 제거하기로 우리는 합의
했다. 두 개의 금고는 세상이 더 이상 아내를 멸시
하지 못하도록 보호해줄 것이다. 설령 다른 남자
와 재혼하더라도—우리는 아내가 지금의 정부와
절대로 결혼하지 않을 것이라고 확신한다. 일식이
끝나고 새로운 태양 아래에서 그 남자를 들여다본
다면 우리와 별반 다르지 않은 모습들이 발견될
것이기 때문이다. 우리의 그림자를 그녀가 상복처
럼 입고 있어야 할 이유는 없다. 유언장에 기록된
위자료는 그녀에게 자유인의 고독과 낭만을 다시

상기시켜줄 것이다— 더 이상 영원한 사랑의 약속에 속지 않기를. 스무 살의 실수를 참회하는 데 십여 년의 시간을 구형한 건 우리가 생각해도 너무 가혹한 판결이었다.

유언장은 어쨌든 한 인간의 죽음을 가장 정확하게 설명할 수 있는 유일한 자료가 돼야 한다. 적어도 죽음이 우리에게 찾아온 과정과 죽음 뒤에 남을 세계에 대한 우리의 애정, 혹은 증오를 분명하게 설명해야 한다. 모호한 문장과 감상적인 내용으로 우리의 죽음을 왜곡하고 싶진 않다. 그래서 우리는 매 순간 유언장의 내용을 떠올리고 수정할 곳이 없는지 논의했다. 유언장의 분량은 가능한 한 짧아야 하며 상속인들의 권리를 숫자로 명기해야 한다는 데 동의하면서도 우리의 죽음은 고작 재산 상속의 목적밖에 지닐 수 없을 것 같은 불안감에 사로잡혔다. 삶의 의지를 모조리 소진한 채, 또는 죽음의 의미를 완벽히 이해한 채 죽어가는 자는 단언하건대 단 한 명도 없다. 우리의 죽음은 불멸하는 영혼과 필멸하는 육체가 동시에 완성한 사건이 아니라, 우리를 대신해서 살아갈 자들에게 육체와 영혼을 한꺼번에 빼앗기는 사건에 불과하다. 우리가 살아 있는데도 그들이 우리를 기억하지 않는다면 우리는 어쩔 수 없이 죽은 상태에 갇히는 것이다.

첫 번째 금고를 끝내 열지 못해서 우리의 죽음이 도모하려는 바가 아무에게도 알려지지 않을 때를 대비해 우리는 적당한 기회를 봐서—장모의 기일이 좋겠다— 비밀번호와 관련된 정보를 아내에게 슬그머니 흘릴 것이다.

의사는 한참 동안 말이 없었다. 우리의 몸에 붉은 페인트로 방점을 찍고 싶었을지도 모르겠다. 우리는 분노의 폭발 속도를 세심하게 조절하면서 정확한 발음으로, 당신의 엉터리 진단 때문에 인생에서 가장 중요한 시기를 산책으로 탕진했다고 비난했다. 의사는 비웃듯 실룩거렸고 우리는 바닥을 뒹굴면서 모멸감에 저항했다. 건장한 경비원이 진찰실로 뛰어 들어와 우리를 강제로 진정시켰다.

우리는 진단서 위에 두 단어를 어렵게 썼다. 언제. 어떻게—육하원칙의 나머지 네 가지 정보들은 사는 데 그다지 필요하지 않다—. 죽음이 언제쯤 찾아올 것이고 그때까지 버티려면 어떻게 해야 하는지 궁금했던 것이다. 하지만 의사는 두 단어의 의미를 단번에 이해하지 못했다. 몇 번을 확인한 뒤에야 비로소 그는 보호자가 동의서에 서명한다면 내일이라도 당장 수술을 진행할 수 있다고 대답했다. 그는 우리를 살려야겠다는 사명감보다는 자신의 명예를 회복해야 한다는 중압감에 반응하는 것 같았다. 그래서 우리는 다시 바닥을 뒹굴었고 결국 경비원에게 빨래 더미처럼 끌려 병원 밖으로 내쳐졌다. 버스 정류장 벤치에 앉아 안정제를 삼킨 뒤 삼십 분쯤 지나자 가까운 곳에서 물소리가 들려왔고 우리는 무의식적으로 그곳을 향해 걷기 시작했다.

뇌졸중이 우리를 덮치고 있는 동안 집 안 어디에서도 찾을 수 없었던 아내가 여전히 용서되지 않는다. 그때 아내와 함께 있었을 정부까지 증오하고 싶진 않다. 젊은 날의 우리처럼 아내의 매력에 육체와 영혼이 완전히 제압당한 그가 달리 뭘할 수 있겠는가. 아내를 우리에게 돌려보내고 혼자 남겨진 밤마다 그에게도 죽음이 찾아왔을 것이다.

정교한 금고와도 같은 우리의 뇌 속에 도대체누가 뭘 강제로 꺼내려다가 기폭 장치를 잘못 건드린 것일까.

일 년여 동안의 노력에도 불구하고 우리가 죽음쪽으로 더 걸어 들어간 까닭은 내게 기생하면서도갱생을 위해 노력하지 않는 너의 태만 때문이다. 네가 저지른 죄악이 너무 크고 무거워서 조물주는 단죄를 결심하신 게 분명하다. 다만 너의 죄악이 우리의 몸에서 빠져나가 인류 전체를 몰살시킬수도 있어서 언제 어떻게 처리할지 고민하고 계실뿐이다.

그러니 우리의 죽음은 오른쪽 절반뿐인 너의 뇌

속에 숨어 있는 죄악으로 인해 왼쪽 절반뿐인 내가 살해당하는 사건으로 정의할 수 있다. 내가 우리의 죽음에 수긍하려면 너의 죄악부터 명확히 알아야 한다. 그리고 이따금 나의 알리바이를 증명해야 할 수도 있겠지. 막대자석을 아무리 작게 잘라내더라도 양극이 남는 것처럼 우리를 아무리 작게 나누더라도 모든 조각에는 너와 내가 똑같은 부피로 편재해 있을 것이므로 매 순간 너와의 투쟁과 협상은 불가피할 것 같다. 우리 안의 순수함과 사악함을 확실하게 구별하기 위해 지금부터 나는 너를 쉥거라고 부르겠다. 네가 나를 무엇이라고 불러도 상관없다.

걷는 게 확실히 힘들어졌다. 추운 날씨 탓만은 아니다. 몸속으로 죽음이 들어차고 있다. 뇌졸중이 발발하는 순간 이미 사형선고가 내려졌다면 내일 아침부턴 구태여 시계나 신문을 볼 필요가 없을지도 모르겠다. 우리는 죽음을 받아들이는 태도와 방법을 두고 오랫동안 이야기했다. 죽음에 관해선 쉥거가 나보다 훨씬 박식하다. 그는 타인의

죽음을 자주 지켜봤을 뿐만 아니라 적어도 세 건
의 죽음에 직접 개입했기 때문에 평범한 인간이
제 죽음 앞에서 어떻게 반응하는지 잘 알고 있다.
하지만 그는 아무런 대답도 없이 나의 호기심을
요령껏 피해 갈 따름이었다. 더 이상 걷지 못하고
누운 곳이 우리의 무덤이 될 테니 산책을 위해 기
꺼이 오늘을 사용해야 한다고 주장한 자도 그다.
만약 죽음을 완성하는 방법을 우리가 선택할 수
있다면 쉥거는 날카로운 칼로 내 급소를 찌른 다
음 청산가리를 삼키지 않을까. 나를 공포에서 먼
저 해방해주려는 배려 때문이 아니라 자살하기 전
에 마지막으로 살인의 쾌감을 기억하고 싶은 욕망
때문일 수 있으니 굳이 그의 행동을 칭찬할 필요
는 없다.

    더 늦기 전에 내가 지은 죄악 하나를 고백하면
자신은 두 가지의 범죄 사실을 들려주겠다고 쉥거
가 부추겼다. 하지만 뇌졸중 덕분에 투명해진 내
겐 손톱 크기의 거짓조차 숨어들 음지가 없었으므
로 일언지하에 그의 제안을 거절했다.

뇌졸중은 우리가 사는 세계에서 바람의 기운을 완전히 없앴다. 어느 새벽 우리는 큰바람에 실려서 무풍지대로 떨어진 것이다. 그곳에선 아무것도 태어나지 않고 기억되지도 않는다. 나뭇잎은 허공에 박제돼 있고 새들은 늘 수직으로만 오르내린다. 인간은 산 채로 천천히 말라간다. 사르가소해 Sargasso Sea에 갇힌 뱃사람들은 경전을 암송하면서 바람과 해류를 기다렸지만 구원의 징후를 발견하지 못하자 결국 서로를 잡아먹었다. 현재 그곳은 전 세계에서 떠내려온 플라스틱 쓰레기들과 그것들을 삼키고 죽은 동물들의 사체들로 뒤덮여 있다.

머지않아 두 번째 바람이 우리의 머릿속으로 불어 든다면, 우리가 육체 밖으로 튕겨 나가는 대신 세계가 우리의 육체 안으로 밀려 들어와 우리를 완전히 정지시킬 것이다.

하천가에서 기묘한 자세로 요가를 하던 구루

는 이제 허공을 자유자재로 날아다닐 수 있게 됐을까. 지난여름에 우리도 그의 제자로 등록했어야 했다. 그랬더라면 빨래 더미처럼 병원 밖으로 끌려 나오는 수모는 겪지 않았을지도 모른다. 허공을 유영하는 일이 산책보다 혈액순환에 훨씬 도움이 됐을 테니까. 게다가 몸과 마음을 자유자재로 붙였다 떼어내는 비법까지 터득했더라면 나와 쉥거는 각자 자유롭게 지내다가 서로를 용서하거나 무시할 수 있었을 것이다. 우리 중 한 명을 죽이기 위해 다른 한 명을 살려야 하는 딜레마로 고통받을 리도 없다. 우리는 침대 위에 앉아 가부좌를 시도해보았는데, 고작 삼십 초도 안 돼서 온몸이 땀으로 젖고 맥박은 경주마처럼 질주했다. 뒤엉킨 다리를 풀려다가 침대 아래로 굴러떨어졌다. 나의 비명에 맞춰 쉥거는 그레고리오성가를 허밍으로 불렀다. 때마침 아내가 나타나 구루의 저주에서 우릴 구해주지 않았더라면 심장이 터져버렸을지도 모른다 마음이 몸을 다스린다는 생각은 내난히 위험하다. 오히려 몸이 마음을 구성한다.

어느 날 만난 카루소의 얼굴이 피멍과 피딱지로 일그러져 있었다. 더 이상 하천변에서 노래를 부르지 못하도록 누군가가 그를 폭행한 게 분명했다. 우리도 카루소를 그리 좋아하진 않았지만 그의 노래를 강제로 멈추게 한 자만큼은 절대로 용서할 수 없다. 가해자가 저지른 죄악은 못 본 척하면서 고작 피해자의 불운만을 위로한다면, 우리 역시 제대로 걷지 못한다는 이유로 누군가에게 두들겨 맞을 것이고 내장을 쏟은 채 바닥을 뒹굴고 있는데도 아무도 우리를 일으켜 세우려 하지 않을 것이다. 한쪽의 폭력은 이에 맞서는 쪽의 폭력과 합해져 두 배의 권력이 되고 그만큼의 권력을 지닌 적수를 또다시 불러들이는 법이다. 그래서 우리는 카루소를 응원할 목적으로 그가 평소 즐겨 부르던 노래 한 소절을 우물거리면서 지나쳐 갔는데, 유감스럽게도 그는 반푼이에게까지 멸시당하는 게 원통했는지 십여 미터를 되돌아와 우리에게 매서운 주먹을 휘둘렀다.

자동차운전면허를 취득한 지 얼마 되지 않는 초

보 운전자들이 자신의 자동차에 붙이는 스티커에서 착안해 우리는 등에 알파벳 A─프랑스어로 초심자Apprenti를 뜻한다─를 붙인 채 하천변을 걸었다. 앞선 우리의 행동이 눈에 거슬리더라도 동정심을 발휘해 부디 진정하고 요령껏 우리를 앞질러 가라는 뜻이었다. 하지만 어떤 자들은 일부러 우리와 부딪히고 지나가면서 욕설을 퍼붓거나 조롱하는 표정을 지어 보였다. 날씨가 좋아서 하천변 양쪽이 행인들로 가득 찰 때면 우리는 축구공 신세로 전락하기도 했다.

그 소녀─이제 나는 그녀를 카롤린이라고 부르겠다. 두 명의 카롤린을 구조하지 못한 죄책감이 작동했다─마저도 며칠째 나타나지 않았다. 회사에서 해고된 것이 아니라면 출근 시간이 바뀌었거나 회사나 집을 옮겼을 수도 있다. 그녀가 불의의 사고를 당했을지도 모른다는 상상은 결코 하고 싶지 않다. 차라리 출근 시간을 줄이기 위해 하천 대신 도로로 산책하기 시작했다고 생각하는 게 낫겠다. 갑자기 사라진 소녀만큼이나 우리의 죽음을 더욱 확실하게 알려주는 전조가 또 있을까. 하천 끝에 도달할 때마다 우리의 몸 곳곳에서 새로운 상처가 발견됐는데, 마치 죽음의 신이 심어놓은 기폭 장치처럼 보였다.

　그래도 마지막으로 카롤린과 마주치는 순간을 대비해 서둘러 선물을 준비해야겠다고 결심했다. 심드렁한 표정의 사장은 죽음을 앞둔 우리에게 갑자기 금고가 필요해진 이유를 궁금해했다. 우리는 농담이랍시고 무덤까지 들고 갈 금고가 갑자기 필요해졌다고 둘러댔다가 사장의 걱정스러운 표정 앞에서 농담을 사과했다. 사장은 생의 마지막 작품을 만들게 해달라는 우리의 애원을 차마 물리치지 못했다. 아마드를 조수로 붙여준 까닭은 우리가 아직 후계자에게 비결을 완벽하게 전수하지 않았다는 사실을 사장도 간파하고 있었기 때문이다. 아마드와 그의 가족이 이 나라의 국민으로 인정받을 때까지 돕는 일 또한 우리의 마지막 사명인 것 같아서 목덜미가 잠시 뜨거워졌다.

아무리 하찮은 비밀일지라도 그럴듯한 금고 속에 감춰져 있는 한 모두를 위험하게 만들 수 있다는 이야기를 열다섯 살의 나이에 우리는 사장에게 처음 들었다. 그는 금고를 제작하는 장인이기에 앞서 유능한 금고털이범이었고 그때 이미 인생의 절반을 감옥에서 보낸 참이었다. 훔친 돈을 마음껏 써보지도 못했기 때문에 자신이 저지른 죄악을 크게 반성하지도 않았다. 그가 사업에서 성공할 수 있었던 비결 중 하나가, 최첨단 보안기술을 적용하려고 애쓰는 대신 간단하지만 확실한 개폐장치를 갖추고 주인의 작은 실수조차 용납하지 않는다는 원칙을 고집스레 유지한 것이다. 사장의 신념을 우리가 상품으로 완벽하게 재현하는 데 삼십여 년이 소요됐으나 부사장과 아마드가 전통과 명성을 이어가는 데에도 그와 비슷한 규모의 시행착오가 필요할 게 분명하다. 아마드의 성공을 축하하는 자리에 우리가 참석하지 못할 것 같아 몹시 유감이다.

지킬과 하이드의 이야기가 어떻게 끝났다더라?

악독한 하이드가 저지른 죄악을 대속하기 위해 착한 지킬이 독극물을 마셨던가, 아니면 착한 지킬이 악독한 하이드를 끝내 쫓아내고 본래면목을 되찾았던가? 그 이야기의 결말이 어떻든지 간에 우리의 운명에는 아무런 영향도 미치지 않을 것이다. 우리는 아직 그 책을 읽지 않았고 앞으로도 읽을 생각이 없으니 그 책은 세상에 아직 존재하지 않는 것과 같다. 나는 쉥거를 죽이고 내 영혼과 육체의 유일한 주인으로서 오래 살 것이다. 아내의 임종까지 지켜본 뒤 법적 상속자가 내게 들려주는 주기도문 속에서 마지막 숨을 내쉬며, 나보다 먼저 죽은 자들을 향해 상스러운 저주를 쏟아부을 것이다. 기괴한 세계와 기구한 운명을 물려준 그들에게 감사하거나 미안해할 이유는 전혀 없다.

쉥거와의 이별을 상상하자 갑자기 고독해졌다. 그가 아닌 누군가에게 나의 계획을 고백하고 조언을 구하고 싶었지만 그럴 만한 사람이 아무도 생각나지 않았다. 아내는 나에게서 도망칠 기회를 호시탐탐 노리고 있고 의사는 과학적 근거를 갖추

지 않은 채 낙관적 전망만을 비싸게 팔고 있다. 인
간의 욕망을 기억하기에 사장은 너무 늙었고, 아
마드는 위태로운 환경에 오랫동안 노출돼서 더 이
상 평범한 인간으로 돌아갈 수 없다. 예민한 쉥거
는 잠들지 않은 채 온종일 나를 감시하고 있어서
나는 생각이나 언행을 극도로 조심해야 했다. 고
독하다는 감정조차 들켜서는 안 된다. 그래서 나
는 금고를 만드는 동안 추억을 떠올리거나 농담을
지껄였다. 심지어 카루소처럼 허밍을 하기도 했
다. 그러면 쉥거는 따분한 표정을 지어 보이면서
주위를 두리번거리거나 끈적끈적한 몽상을 만지
작거렸다.

　보안경과 귀마개를 착용한 아마드가 플라스마
절단기로 이십 센티미터 두께의 철판을 자르고 있
을 때 쉥거가 내게 속삭였다. 내가 제프와 안토넬
라의 연애 이야기를 들려준 적이 있던가? 철판 위
에 분필로 그려진 선을 따라 불꽃이 흘러가는 걸
시켜보면서 나는 아마드가 절단기를 너무 빨리 움
직이고 있다고 생각했다. 그렇게 빠르면 불꽃이

고르게 철판 속으로 침투하지 못해서 매끄럽게 절단할 수 없고, 수십 년 경력의 숙련공이 초크 그라인더로 뒷수습을 하더라도 거울 표면처럼 다듬는덴 한계가 있다. 아마드는 늘 서두르는 게 문제다. 도면의 치수를 소수점 둘째 자리까지 일치시키지 못하면 반드시 송사에 휘말리게 된다고 수백 번설명했건만 아마드의 머릿속은 중요한 순간마다백지로 변했다. 불안한 신분이 그를 매번 실패하게 만들고 있다고 간주하더라도 나를 계속해서 실망하게 하는 한 그를 향한 호의는 점점 줄어들 수밖에 없다. 제프와 안토넬라의 얼굴은 기억나니? 쉥거가 다시 물었다. 물론이지. 나는 건성으로 대답했다. 솔직히 나는 제프에게 느낀 분노와 안토넬라를 둘러싼 연민만을 기억할 뿐 그들의 얼굴과신체적 특징, 옷차림과 목소리는 거의 기억하지못했으나 쉥거에게 그 사실을 들키고 싶지 않았다. 카롤린과 핫산, 그리고 한때 쉥거라고 불렀으나 지금은 이름이 없는 친구는 나와 같은 세계에살고 있고, 제프와 안토넬라는 두 달 전부터 쉥거라고 불리기 시작한 자의 세계에 갇혀 있는 것 같았다. 쉥거가 납치해 간 자들은 이미 그와 모두 비슷해져서 누가 누구인지 구분할 수 없었다. 제프와 안토넬라의 연애 이야기가 너무 궁금했지만 쉥거는 끝내 그걸 들려주지 않았다. 내가 제프에게 느낀 분노와 안토넬라를 둘러싼 연민만이 풍선처럼 부풀어 올랐다. 플라스마 불꽃이 폐곡선을 따라 제자리로 돌아올 즈음에는 절단기를 빠르게 움직여야 하는데 아마드는 그렇게 하지 않아서 결국 수천 유로를 호가하는 철판을 통째로 폐기해야 했다. 공장장으로서 나는 당분간 아마드에게 고난도의 작업을 맡기지 않을 작정이지만 그렇다고 그를 당장 해고해야 한다며 사장 앞에서 길길이 날뛰지도 않을 것이다.

한 달 전부터 카롤린으로 명명된 소녀가 그 하천변에서 완전히 모습을 감춘 뒤로 그녀보다 훨씬 나이 많고 매력 없는 여자를 우리는 거의 매일 같은 시간, 같은 장소에서 마주쳤다. 나중에 그녀는 우리를 아는 체까지 했는데 조금도 반갑지 않았다. 우리가 만든 금고를 구매한 적이 있는 부잣집

유부녀이거나 공장 동료의 아내이거나, 우리가 한 때 즐겨 다녔던 식당이나 술집의 여급일지도 몰랐다. 하지만 그런 여자들이 그 이른 시간에 이곳을 걸어가면서 우리를 아는 체할 이유는 전혀 없었다. 카롤린이 한 달 사이에 갑자기 늙어서 그런 중 썰한 여자로 변신했다는 상상을 떨쳐버리려고 애쓸수록 그녀는, 열 살 소녀의 모습으로 우리의 영혼에 영원히 돋을새김한 카롤린처럼, 더 이상 이 세계에 존재하지 않을지도 모른다는 걱정이 옥죄어왔다. 생기발랄했던 소녀에게 불운한 이름을 붙여준 건 이국의 황제가 지하 감옥의 정치범에게, 또는 하천 관리 공무원이 나무들에 붉은 방점을 찍는 행위와 다름없지 않을까.

하긴 아내도 한때 우리를 매혹했던 소녀였다. 그녀의 매력을 먼저 알아보고 열광했던 쪽은 내가 아니라 쉥거였고, 아내 역시 나보다는 쉥거에게 더 호감을 느꼈다. 어쩌면 우리와 아내의 결혼 생활을 파국으로 내몬 장본인은 아내와 쉥거 사이에 물혹처럼 박혀 있는 나 자신일 수도 있다. 아무리 애써도 그걸 터트리거나 잘라낼 수 없자 아내와 쉥거는 상대의 진심을 의심하기 시작했고, 더 이상 물러날 곳이 없다고 판단됐을 때 쉥거는 슬그머니 내 뒤로 숨으며 자신은 애당초 존재하지 않았던 것처럼 행동했다.

죽음이 우리에게 도착하기 전에 아내와 함께 하천변을 단 한 번만이라도 걸을 수 있다면 유언장을 쓰고 읽기에 앞서 우리와 아내는 좀 더 냉정해질 수 있을 텐데. 뇌졸중을 앓기 전에 우리는 아내에게 하천변으로 산책하러 가자고 여러 번 제안했지만 그때마다 아내는 갖가지 변명을 대며 거절했다. 태양과 습기와 소음을 여자의 적이라고 선언하기까지 했다. 뇌졸중을 앓게 된 뒤로 우리는 아내에게 그런 부탁을 하지 않았다. 행인들 사이에서 아내를 지팡이로 사용하고 싶지 않았기 때문이다. 그러니 하천변에 대해 우리와 아내가 공유하고 있는 추억은 없다. 그런데 곰곰이 생각해보니, 이 도시에서 가장 매력적인 장소 중 하나인 하천변에 아내가 전혀 관심을 보이지 않는다는 사실이 오히려 이상했다. 의도적으로 화제話題를 회피하고 있다는 의심마저 들었다. 우리가 공장에서 일하고 있는 동안 아내는 정부와 함께 이곳을 느긋하게 걸으며 자신의 복장과 몸짓을 향해 쏟아지는 행인들의 찬사를 은밀히 즐기고 있었던 건 아닐까. 우리의 운명에서 빠져나갈 방법을 궁리하며 걷다 보면 십 킬로미터 남짓의 거리도 그들에겐 너무 짧게 느껴졌을 것이다.

아내가 아직 돌아오지 않은 침대 위에 누워서 잠의 입구를 더듬고 있을 때 쉥거가 또다시 속삭였다. 의사의 권유대로 일 년 동안 꼬박 산책했는데도 건강을 회복하기는커녕 오히려 더 나빠진 까닭이 우리의—쉥거는 아직 나의 고독과 위선을 눈치채지 못했는지 우리라는 단어 속에 자신과 나를 담아 넣었다— 아내가 독극물을 매일 음식에 섞고 있기 때문이며, 우리가 뇌졸중을 앓게 된 뒤로 지금까지 단 한 번도 우리와 함께 식사하지 않는 것이 그 증거라고, 그러니 오늘 밤만큼은 먼저 잠들지 말고 아내를 기다렸다가 진실을 끝까지 추궁해야 한다고, 흥분한 나머지 벽에 머리를 들이박으면서 그는 핏대를 세웠다. 공포에 짓눌린 나는 마지못해 그의 제안에 동의했다. 더 정확히 말하자면, 그의 발작을 굳이 제지하지 않기로 결정한 것이다. 그의 명령에 따라 출입문과 창문을 열어 환기하고 모든 전등을 켜서 실내를 밝혔으며 냉장고 속의 음식들을 모두 쓰레기통에 버렸다. 그리고 향수 한 통을 모조리 사용해 침실 바닥을 닦았다.

새벽에 아내가 집으로 돌아왔다. 그녀는 옷을 갈아입거나 씻지도 않은 채 침대 안으로 들어왔다. 평소와는 전혀 다른 분위기를 그녀는 단숨에 알아차렸다. 우리도 긴장하긴 마찬가지였다. 폭탄이 곳곳에 매설된 곳에서 쉥거가 어리석은 행동을 시도하지 못하도록 나는 모로 누워 쉥거를 바닥에 짓눌렀다. 아내 역시 모로 누운 채 우리가 기폭장치를 작동시키는 순간을 참을성 있게 기다렸다. 어쩌면 아내는 우리의 생사를 확인하기 위해 매일 귀가하는 것인지도 모르겠다. 외출복 차림으로 침대에 누워서 아침까지 죽은 척하고 있다가 우리가 출근한 뒤에야 비로소 옷을 갈아입고 몸을 씻은 뒤 늦은 오후까지 잠에 빠져드는 것이다. 고백하건대, 우리와 아내는 단 한 번도 섹스하지 않았다. 육체의 결합을 저급한 행위로 폄훼하고 영혼의 동맹만을 강조한 결과는 절대로 아니다. 아내는 자신의 순결을 온전히 지켜내고 싶어서 자신보다 서른 살이나 많은 남자와 선뜻 결혼했다. 그렇게 지켜낸 순결을 그녀는 자신의 정부들에게 아낌없이 나눠주고 있었다. 그러니까 아내는 극성스러운 어머니가 강요한 세계에 인형처럼 갇히고 싶지 않아서 육체적으로 열등한 우리를 저항의 무기로 삼은 것이다. 갑작스러운 행운을 거부할 용기가 우리에겐 없었다. 진정한 사랑은 결코 논리에 의해 작동하지 않는다고 믿었다. 하지만 지금이라도 어리석음을 인정하고 재앙을 멈춰 세울 용기가 절실하다. 극성스러운 어머니가 이미 사라졌고 우리도 조만간 그렇게 될 테니 혼자 남겨지기 전에 우리를 먼저 버리는 게 낫겠다. 더 늦기 전에, 단 한 번의 기회가 찾아왔을 때, 우리는 아내에게 이런 메시지를 간결하고도 명확하게 전달하지 않으면 안

된다. 그것이 우리의 유언이 될 수도 있으므로 그 순간만큼은 아내를 이 방에 완벽하게 가둬야 한다. 그런 일을 맡기기엔 쉥거가 적격이다.

중요한 이야기를 시작하기에 앞서 잠시 눈을 감았다 떴을 뿐이라고 생각했는데 아내는 이미 침실을 빠져나가고 없었다. 우리의 준동을 단숨에 제압하는 힘이 그녀의 어떤 동작이나 냄새, 또는 추억에서 흘러나왔는지도 몰랐다. 차라리 편지를 남기는 게 현명한 방법이 아니었을까. 제 생각을 정확히 전달할 수 있는 신체기관은 혀가 아니라 손가락일 수 있었다. 뇌졸중 이후로 생각은 말에 제대로 담기지 않았고 그 말마저도 이해보다는 오해를 더욱 자주 불러일으켰다. 언어도단의 세계에서 우리와 아내가 마주 보고 걸을 수 있는 행간은 전혀 남아 있지 않았다.

정말 그럴 수 있다면, 금고의 비밀번호를 알려주면서 여생을 축복해줘도 될 만큼 아내가 자신의 정부들에게 충분히 사랑받고 있는지 확인해달라고 아마드에게 부탁하고 싶다. 변변한 직업 없이 여러 여자들과의 잠자리를 건너다니면서 용돈이나 뜯어내는 한량들에게 철저히 속고 있다면 아내는 우리와의 결혼 생활보다 더 비참한 상황으로 내몰릴 수 있다. 아내를 철부지 아이처럼 다루고 싶지 않지만 그녀가 시행착오를 거쳐 자신의 운명을 완벽히 통제할 수 있을 때까지 기다릴 여유가 우리에게는 없기 때문에 비난을 각오하면서까지 노파심을 확인하려는 것이다. 아내를 배신한 자는 우리의 죽음과 상관없이 아마드에게 죗값을 단단히 치러야 할 것이다.

아마드는 이틀 동안 출근길에 우리를 찾아와 자신의 실수를 만회할 방법을 울면서 구걸했다. 하천변을 걸으면서 아마드는 페르시아 민요를 나지막이 읊조렸는데, 비록 내용은 알아듣지 못할지라도 정조情調와 주제는 충분히 짐작할 수 있었다. 그래서 아마드에게 우리의 장례식장에서 그 노래를 다시 한번 불러달라고 요청했다.

공장에 도착하자마자 나는 일생의 마지막 금고 제작을 포기하겠다고 선언했다. 신체가 멀쩡한 숙련공조차 완수하기 힘든 작업을 주제넘게 고집해서 여러 사람을 난처하게 만든 것을 사과한 뒤, 아마드가 작업 과정 전체를 관리할 수 있을 때까진 매일 출근하겠지만 월급은 받지 않겠다고 약속했다. 사장은 내가 사업에 합류한 덕분에 크게 성공했듯이 아마드 또한 자신의 아들에게 큰 도움이 될 것이라고 확신했다. 나와 사장의 우애에 질투심을 느낀 쳉거가 갑자기 발작을 일으키는 바람에 우리는 한나절 탈의실 바닥에 누워 있어야 했다. 겨우 안정을 되찾고 나니 카롤린에게 너무 미안해졌다. 이로써 우리는 카롤린을 다섯 번 실망시킨 셈이다. 그녀가 부엌에서 훔쳐 온 고기를 게걸스레 삼켰을 때 한 번, 화마 속에 그녀를 놔두고 도망쳤을 때 또 한 번, 진실을 추적하고 있던 그녀의 아버지를 일부러 피해 다녔을 때 또 한 번, 회한과 망상의 교란 속에서 그녀가 스스로 목을 매었다는 소식을 돌었을 때 또 한 번, 그리고 그녀가 죽은 지 반세기 뒤에 그녀를 닮은 소녀에게 나 홀로 약속했던 선물을 준비하지 못하게 된 지금이 또 한 번. 어쩌면 이것이 쉥거가 듣고 싶어 했던 나의 죄악일지도 모르겠다. 더 늦기 전에 카롤린을 만나 진심으로 사과하고 싶었다. 그녀가 원한다면 우리가 지닌 두 개의 금고 중 하나를 건네줄 수도 있다. 영문을 알지 못하는 카롤린은 비명을 지르면서 도망치겠지만 진심을 증명할 수만 있다면 우리는 기꺼이 하천 속으로 몸이라도 내던지겠다.

나와 쉥거를 구분하던 명확한 경계, 특히 죄악에 대한 명징한 거부감이 내게서 점점 사라지고 있다. 그래서 내가 점점 쉥거에게 흡수돼간다는 생각을 떨쳐버릴 수가 없다. 빛과 어둠 중 존재하는 건 어둠뿐이고 어둠의 부재가 곧 빛이라는 사실을 인정해야 할 순간이 조만간 올 것 같다. 어쩌면 죽음은 새로운 시공간이 열리는 사건이 아니라 지난 삶을 무한히 반복해야 하는 징벌인지도 모른다. 안타까운 결말과 거기서 빠져나갈 방법을 정확히 알고 있는데도 정작 아무것도 할 수 없으니 얼마나 고통스러울까. 하지만 그 고통 역시 무작위로 대물림됐고 살아 있는 동안엔 그걸 어찌할 수 없다는 사실마저 깨닫는다면 더욱 좌절할 수밖에.

　내가 죽음의 문제에 천착하고 있을 때 쉥거는 다른 모험을 도모하고 있었다. 그는 마천루나 고급 저택 앞을 지나칠 때마다 점퍼 주머니에 손을 집어넣고 꼼지락거렸는데, 그 안에는 금고의 폭발 테스트에 사용하는 리모컨이 들어 있었다. 리모컨으로 금고의 기폭 장치를 작동시킬 수 있는 거리엔 한계가 있지만 그는 자신의 행운을 시험하려는 듯 쉬지 않고 리모컨의 버튼을 눌러댔다. 금고 안의 내용물이 모두 불타고 있어도 그 징후가 밖으로 전혀 새어 나오지 않기 때문에 쉥거의 리모컨에 몇 개의 기폭 장치가 작동했는지는 금고의 주인들이 나중에 상황을 인지하고 경찰에 신고하기 전까진 알 수 없다. 경찰이 원인을 조사하기 위해 공장을 방문할 때쯤이면 우린 이미 이 세상에 없을 것이므로 산 자들의 법률은 죽은 자들을 단죄하지 못할 것이다. 쉥거는 우리가 죽은 뒤에도 세상에 여전히 너무 많은 재물과 비밀이 남겨진다는 사실이 못마땅했다. 그래서 닥치는 대로 없애려 했지만 바가지로 바닷물을 퍼내서 해수면을 낮출 수는 없는 노릇이었다. 설령 현재의 세계가 완전히 파괴된다고 할지라도 그걸 재건하는 임무는 또다시 기득권층에게 주어질 것이므로 재물과 비밀의 주인들이 바뀌는 일은 좀처럼 일어나지 않을 것이다.

금고가 갑자기 폭발하는 바람에 전 재산을 잃었다는 고객들이 공장으로 몰려들었다. 사장은 당황하지 않고 그들의 분노를 간단히 제압한 뒤 사용자의 부주의로 인해 일어난 손해까지 제조사가 책임져야 한다는 규정은 계약서 어디에도 적혀 있지 않다고 맞섰다. 금고의 존재 자체를 주변 사람들에게 알리고 싶지 않은 고객들의 약점을 파고든 전략이 주효했다. 하지만 고객들이 돌아가자마자 사장은 아마드에게 불같이 화를 냈다. 우리가 금고를 만들던 사십여 년 동안 단 한 번도 일어나지 않았던 사건이, 아마드가 우리를 대신해 폭발 테

스트를 맡은 지 석 달 만에 십여 건이 동시에 발생
했으니 사업의 명운을 위협받은 사장으로선 지극
히 당연한 반응이었다. 아마드는 고국으로 추방되
기에 앞서 파산할 위험에 처했다. 그가 퇴근길에
집으로 찾아왔을 때 우리는 사장과 함께 사고 원
인과 대처 방법을 논의하고 있었는데, 예상치 못
한 장소에서 아마드를 만난 사장은 인종차별적 단
어까지 서슴지 않고 내뱉었다. 사장이 떠난 뒤 우
리는 아마드를 위로해주었다. 불운이 유독 불법
체류자들만 쫓아다니는 이유는 쉽게 짐작할 수 있
었으나 거대악의 기원을 설명하는 게 너무 어려
워서, 억울함을 격정적으로 토로하는 그를 반시간
정도 다독여주었을 따름이다. 아마드는 어린아이
처럼 소리 내어 울다가 자신의 집으로 돌아갔다.
책임감 강하고 성실한 그는 자신의 가족들 앞에서
결코 오늘의 굴욕에 대해 말하지 않을 것이다. 처
음부터 다시 시작해야 하는 번거로움만 잘 참아낸
다면 시간이 그를 다시 현재의 지리로 데려올 것
이라고 우리는 확신했다. 다음 날 우리는 의사를
찾아가서 건강 상태를 마지막으로 점검했다. 의사

는 예전과 똑같은 진단으로 우리를 실망시켰기 때문에 더 이상 그를 찾지 않겠다고 다짐했다. 쉥거는 일부러 진료실 여기저기를 기웃거리며 주머니 속의 리모컨 버튼을 쉬지 않고 눌러댔다.

집으로 돌아오는 길에 우리는 하천변에 들러 한 시간 남짓 앉아 있었다. 이곳의 풍경을 지배하는 건 날씨였다. 오늘처럼 하늘이 맑고 공기가 따뜻한 날에는 가벼운 옷차림의 연인들로 북적였다. 반면 구름이 많고 추운 날에는 혼자 걸어가는 늙은이들이 유독 눈에 많이 띄었는데, 마치 그들의 신산했던 인생이 날씨에까지 영향을 끼치고 있다는 착각을 불러일으켰다. 조만간 우리는 산책을 멈추고 한곳에 앉아서 죽음에 어울리는 날씨를 조용히 기다릴 것이다. 끝내 도달할 수 없는 목적지로 향하는 도중에 비명횡사하는 비극만큼은 피하고 싶다. 그렇다고 침대 위에 가지런히 누워서 죽음을 맞이하진 않겠다. 아무리 고쳐 쓴다고 하더라도 유언장은 결국 우리의 의도를 배신한 채 끊임없이 논쟁을 일으킬 것이다. 금고와 아내를 생각하지 않을수록 우리의 죽음은 더욱 투명해질 것이다. 우리는 죽음이 하강 운동이길 소망한다. 한 점으로 응축된 세계를 향해 빛의 속도로 하강하면서 살과 뼈가 녹고 영혼이 휘발하는 게 우리의 죽음이라면 더 바랄 게 없겠다. 그때 우리는 이렇게 상상할 것이다. 나는 어미를 잃은 새끼 고양이고, 쉥거는 집 안의 화분에서 정성스럽게 키우던 일년생식물이며, 아내는 창문을 통해 가끔 집 안으로 들어왔다가 황급히 사라졌던 벌새에 불과하다고. 위태롭게 걷지 않고 몸의 중심을 명치 아래 모았더니 눈앞에 아른거렸던 것들의 정체가 분명해지기 시작했다. 멀리서 한 남자와 함께 천천히 걸어오는 여자는 우리의 아내였다.

우리의 눈과 정면으로 마주쳤는데도 아내는 마치 우리와 우리의 생존 조건이 전혀 보이지 않는 것처럼 지극히 행복한 표정을 지어 보이면서 지나쳐 갔다. 아니면 이미 우리를 완전히 잊은 섯처럼, 아니면 우리를 경멸하려는 것처럼, 그것도 아니라면 악어처럼 입을 벌리고 있는 자신의 운명 속으

로 결연하게 걸어 들어가는 것처럼. 하지만 우리
는 그 모습을 똑똑하게 기억할 수 있었다. 왜냐하
면 그것에 매혹당해 우리가 그녀와 결혼했고, 그
결혼을 반대하던 장모가 살해당했으며, 주례 목사
처럼 두 개의 금고가 집 안으로 들어왔기 때문이
다. 금고를 열거나 없앨 수 없는 아내에겐 우리의
뇌졸중이야말로 그 금고 안의 재물과 비밀을 독차
지하는 데 필요한 열쇠이거나 반대로 모두 없애는
기폭 장치가 될 수도 있겠다.

　우리를 더 이상 사랑하지 않는다고, 또는 우리
를 사랑한 적이 없었다고 해서 아내를 비난하는
게 정당한 행동일까. 오히려 우리가 아내를 왜, 그
리고 얼마나 사랑했는지 자문하고 싶다. 우리에게
아내가 실제로 존재하긴 했던 것일까. 혹시 그녀
는 밤마다 유리창을 통해 집 안으로 스며드는 그
림자에 불과하진 않았을까. 젊어서부터 허랑방탕
했던 쉥거가 유곽에서 만난 여자들의 기억이 아내
의 환영에 투영됐을 수도 있다. 뇌졸중으로 오른
쪽 절반뿐인 쉥거와 왼쪽 절반뿐인 내가 분리된

뒤에도 채워지지 않은 틈에서 아내가 태어난 것이라면 그녀의 부모는 사랑의 신이 아니라 외로움의 신이다—올림포스의 열두 신들 중에서 외로움을 주관하는 신은 헤파이스토스다. 얼굴이 못나고 절름발이여서 어머니에게 버림받은 그는 훗날 대장장이로서 명성을 얻는다—. 외로움은 사막이나 빙하 같아서 사랑은 그 위에 결코 뿌리를 내릴 수 없다. 그런데도 우리는 자신의 외로움을 아내에게 해결해달라고 닦달하면서 그걸 지고지순한 사랑이라고 굳게 믿는 것이다.

우리는 더 이상 아내의 뒷모습을 쫓지 않았다. 아내 옆에서 함께 걷고 있는 남자의 정체를 알아내려고 애쓰지도 않았다. 그 남자는 우리에게 전혀 낯설지 않다. 우리와 우리의 운명은 모든 남자들과 그들의 운명에서 떨어져 나왔기 때문에 아내의 정부들이 우리를 닮고 우리의 운명을 공유하고 있다고 한들 전혀 이상한 일은 아니었다.

복잡한 이혼 절차를 거쳐 재산의 절반을 차지하

는 것보다는 우리가 죽을 때까지 기다렸다가 합법적인 상속자가 되는 편이 훨씬 유리한 방법인데도 왜 아내는 탈출을 저토록 서두르는 것일까. 그녀의 정부가 그녀를 학대하거나 채근하는 것은 아닐까. 어쩌면 그녀의 정부 역시 우리처럼 죽어가고 있는지도 모른다. 버림을 받느니 차라리 먼저 버리는 게 낫다고 아내는 생각할 수도 있다. 그러고 보니 그녀 주변에 머물던 사람들은 하나같이 아무런 기척도 없이 어느 날 갑자기 그녀를 떠나갔다. 이웃집 여자와 남미로 달아난 아버지가 그랬고, 그녀의 손목에 자상을 남긴 첫사랑의 남자가 그랬고, 지갑 속 돈 몇 푼을 지키려다가 노상강도에게 살해당한 어머니 또한 그랬다. 설상가상으로 남편마저 생사의 외줄타기를 하고 있으니, 더 이상 타인의 갑작스러운 소멸로 상처받고 싶지 않을 것이다. 추위와 허기를 대비해 가을에 미리 먹이를 모으는 다람쥐처럼, 남편이 죽기 전에 그를 대체할 정부를 미리 확보해두긴 했으나 그 또한 언제 갑자기 사라질지 모르기 때문에 서너 명의 후보자들을 추가로 자신의 일상에 숨겨놓았을 수도 있다.

귀환할 수 없는 여행을 아무런 상의도 없이 준비하고 있는 우리에겐 아내를 비난하거나 동정할 자격이 없다. 아내의 냉대 덕분에 죽음에 더욱 집중할 수 있게 됐으니 오히려 그녀에게 깊이 감사해야 한다. 다만 감정과 사유를 적확한 언행으로 옮길 수 없을 정도로 우리의 심신이 심각하게 파괴돼 있는 게 안타까울 따름이다.

아내가 구차한 직업을 전전하지 않고 자신의 매력을 마음껏 발산하며 지낼 수 있을 만큼의 재산을 물려주되 어떤 정부도 그녀를 이용하거나 버릴 수 없고 그녀 또한 인생을 한꺼번에 탕진하지 못하게 하려면 그녀가 금고를 열려고 애쓰는 동안에만 유산의 일부가 지급돼야 한다. 그리고 그녀가 죽기 직전에라도 우리의 진짜 유산이 금고 안의 재물이나 비밀이 아니라 금고 자체였다는 사실을 깨닫게 된다면 여한이 없겠다.

우리는 매일 저녁 금고의 비밀번호를 바꿀 때마다 어제와 다른 위치에 멈춰 있는 다이얼을 확인하고 아내의 열패감과 증오를 짐작하곤 했는데, 지난 두 주일 동안은 다이얼을 조작한 흔적을 찾을 수 없었다. 아내와 연결된 마지막 대화 통로마저 끊긴 것 같아 몹시 씁쓸했다. 금고 안의 내용물에 더 이상 미련을 가질 필요가 없을 만큼 재력 있는 정부와 새롭게 연애를 시작한 게 아니라면 아내의 신상에 불길한 변화가 생긴 게 분명했다.

첫 번째 금고에 넣어둔 유언장이나 이혼신고서 어디에도 우리는 아직 서명하지 않았는데, 이는 상황이 언제든지 긍정적으로 변할 수 있다는 희망 때문이었다. 만약 희망이 사라진다면 우리는 당연히 이혼신고서에 서명부터 할 것이다. 상복을 입은 아내의 모습을 상상하는 것은 너무나 고통스럽다. 섭섭하지 않을 정도의 유산은 아내에게 남겨놓을 것이다. 뇌졸중으로 쓰러지기 전까지 매년 우리는 유언장을 갱신하고 나서 한 달 정도는 단단한 의지와 뜨거운 활력 속에서 지낼 수 있었다. 그러면 아내는 자신이 절대 원하지 않는 임신을 하게 될지도 모른다는 두려움에 사로잡혀 코르셋을 입은 채 잠자리에 들었고, 생리통이 심신을 가득 채울 때만 잠시 마음의 평화를 얻었다.

이혼신고서를 받아든 아내는 우리를 실망시켰던 언행에 대해선 모르쇠로 일관한 채 더 많은 위자료를 받아내기 위해 변호사를 고용할 것이다. 그는 우리가 숨겨놓은 재산 중 아내의 헌신 덕분에 축적할 수 있었던 것이 얼마이고 그녀가 왜 결혼 생활에 집중할 수 없었는지, 그 이유를 우리에게서 찾아내려 할 것이다. 그 변호사의 주장에 반박할 자료들이 우리에겐 차고 넘치지만 그 변호사가 막대한 수임료를 챙겨가는 것까진 막을 순 없을 것이다. 모순투성이인 결혼제도를 유지하려고 노력했다는 사실만으로도 모든 기혼자들은 법정에서 유죄이다. 게다가 어떤 인간도 완벽하게 윤리적이지 않고, 그 윤리조차도 해석하기에 따라 창이 되거나 방패로 활용할 수 있다. 그러니 법적 소송은 승자와 패자 어느 쪽도 만족시키지 못한 채 오로지 변호사들만 영원한 번영을 누리게 만들 것이다. 그런 결말을 막기 위해서 우리는 이혼신고서와 함께 유언장을 작성해둔 것이고, 용케 첫 번째 금고를 열게 된 아내가 유언장과 이혼신고서를 차례대로 읽게 된다면 어떻게 행동하는 것이 자신의 미래에 유익할지 확실해질 것이다. 현명한 그녀는 우리를 정기적으로 검진하고 있는 의사에게 찾아가 무의미한 연명을 위한 플라세보 처방을 당장 중단하라고 요구할지도 모른다. 그런 사건이야말로 우리가 진심으로 일어나길 바라는 기적이다.

아내가 불륜을 저지르고도 전혀 불안해하지 않는 까닭이 그녀의 정부 중에 유능한 변호사도 포함돼 있기 때문은 아닐까. 그는 연민과 불안감 사이에서 주저하는 아내에게 이혼으로 얻게 될 자유와 평화를 과장하고 있을지도 모른다. 하지만 그 작자는 원하는 바를 결코 얻지 못할 것이다. 왜냐하면 파리스의 사과와도 같은 아내를 차지한 순간 불행은 그 승자마저 처참하게 파괴할 것이기 때문이다.

주인 이외엔 아무도 열 수 없는 금고를 만들기 위해 평생 노력했지만, 주인 몰래 금고를 열어주면 크게 보상해주겠다는 유혹에 우리는 끊임없이 시달렸다. 그때마다 사장의 단호한 결정이 우리를 감옥에서 꺼내주었다. 그래도 평생 단 한 번 신념을 꺾은 적이 있었다. 어느 날 말쑥하게 차려입은 젊은이가 공장으로 찾아와 한 시간가량 사장을 만나고 돌아갔다. 그날 저녁 퇴근하려는 우리를 사장이 붙잡았다. 우리는 사장이 협박당하고 있다는 사실을 눈치챘지만 사연을 묻지 않은 채 그를 따라나섰다. 그러곤 그 젊은이의 아버지 집으로 도둑처럼 숨어들었다. 집 안의 모든 곳을 감시하는 시스템을 그 젊은이가 미리 정지시켜놓았으므로 어렵지 않게 비밀의 방까지 들어갈 수 있었다. 미궁의 중심에서 금고와 마주쳤을 때 우리는 그것의 주인이 보호하려고 하는 비밀의 크기와 위력을 직감했다. 그리고 훗날 큰 변고를 당하게 될 것 같아 불안했다. 금고의 문을 여는 선 선혀 어려운 일이 아니었지만 우리는 불명예를 감수하고서라도 의뢰인 앞에서 일부러 실패를 반복했다. 조바심에 몸을 떠는 의뢰인을 데리고 사장이 잠시 방을 나간 사이에 우리는 재빨리 금고 문을 열고 그 속에 들어 있던 서류를 꺼내어 속옷 안에 감춘 뒤 다시 금고 문을 닫았다. 사장과 의뢰인이 방으로 돌아왔을 때 우리는 금고 문을 천천히 열어 보이면서 마치 우연히 일어난 사건인 것처럼 멋쩍게 웃었다. 의뢰인은 텅 비어 있는 금고 안을 들여다보며 탄식을 연발했고, 아들조차 믿지 못하는 아버지에게 상스러운 욕지거리까지 퍼부었다. 그러더니 갑자기 주머니에서 권총을 꺼내어 우리를 위협했다. 사장은 우리와 총구 사이로 급히 끼어들며 의뢰인과의 악연을 죽음으로써 마무리하려고 시도했다. 겨우 냉정을 되찾은 의뢰인은 우리를 미궁에서 내쫓았다. 하지만 우리는 금고 주인이 의심할 만한 증거를 남겨두었다면서 그 방으로 되돌아가 금고를 열고 헝겊으로 안쪽 벽을 닦는 척하다가 기폭 장치를 슬그머니 던져 넣고 문을 닫았다. 현관문을 나설 때 쉥거가 리모컨을 눌러 완전범죄를 마무리했다. 나중에 사장에게 전해 들은 바에 따르면, 사건의 전모를 간파한 아버지는 아들을 금치산자로 내몬 뒤 재산을 몰수하고 후계자 지명을 철회했을 뿐만 아니라 며느리나 손자들의 권리까지 완전히 없애버렸다고 한다. 독주와 마약으로 연명하던 아들이 비명횡사하자 아버지는 비로소 분노를 거두고 성대한 장례식을 치러주었고, 주인조차 쉽게 열 수 없는 금고를 트럭에 싣고 어느 날 저녁 사장과 우리는 그 미궁을 세 번째로 방문했다.

우리가 훔쳐 온 것은 도시 개발을 담당하는 공무원이 작성해 시장과 의회에 승인까지 받은 공문서의 사본이었다. 마흔 살 넘어서 부동산 사업에 뛰어든 사업가가 십여 년 만에 이 도시 최고의 부자로 등극할 수 있었던 데에는 부패한 공무원들의 탐욕이 지대한 역할을 했던 것이다. 그는 정보원들을 보호하기 위해 자신의 가족까지 희생시킬 만큼 냉혹했고, 그의 아들은 그런 아버지에게 복수를 시도했다가 처절하게 실패했다. 우리는 전 재산을 털어 개발 예정 지역의 땅을 샀다. 그리고 여윳돈이 생길 때마다 소유지를 조금씩 넓혀갔다.

도시 개발 계획이 발표되고 한 달 뒤에 부동산 전체를 팔아서 막대한 차액을 챙겼다. 거래는 현금으로만 진행했고 현금은 황금으로 바꾸어 은행 금고에 넣어두었다. 아무도 우리의 행운과 죄악을 눈치채지 못하게 하려면 우리가 살아 있는 동안엔 결코 황금을 만져봐서는 안 됐고, 직업에 대한 태도와 생활방식도 평소와 다름없이 유지해야 했다.

우리가 남긴 재산을 가장 의미 있게 사용할 수 있는 자의 이름을 우리의 유언장에 적어 넣을 작정이었다. 당연히 아내가 가장 유력한 후보자였다. 하지만 자신의 어머니가 불의의 사고를 당했는데도 놀라거나 슬퍼하기는커녕 자신을 영원히 괴롭히기 위해 유령으로 변신했다고 투덜거리는 아내 앞에서 우리의 결심은 크게 흔들렸다. 우리의 행운과 죄악이 아내에게로 건너가 불운과 더 큰 죄악으로 변할 것 같았다. 비록 우리의 전 재산을 물려주지는 않더라도 아내의 노후만큼은 안락하게 만들어주어야 한다는 원칙에는 동의했으나 쉥거가 제시한 금액은 내 기대에 훨씬 못 미쳤다.

너무 외로워서 우리는 두 번째 금고마저 열었다. 거기엔 우리가 글자를 배운 뒤에 처음으로 완독했던 쥘 베른의 『80일간의 세계일주』가 들어 있다. 그것은 세계의 크기와 우리의 위치를 가늠하게 해주는 나침반 같았다. 사전을 번갈아 들춰가면서 읽느라 일 년 남짓 걸렸지만 그걸 읽고 난 뒤 우리의 인생은 완전히 바뀌었다. 하루 차이로 내기에 저서 재산을 몽땅 날리게 된 주인공이 결혼식을 덤덤하게 준비하다가 문득 자신이 날짜변경선을 반대 방향으로 건넜다는 사실을 깨닫고 환호하는 장면만큼은 몇 번을 읽어도 전혀 싫증이 나지 않았다. 우리는 과학의 세계에 매료됐고 국경을 넘는 일을 공상했으며 프랑스어를 배워 쥘 베른의 목소리를 직접 듣고 싶었다. 현실이란 고작 부모가 들려준 감옥에 불과할 뿐이어서 그곳에서 탈출하기 위해 필사적으로 버둥거리지 않는 한 우리의 일생은 조금도 나아지지 않을 것 같았다. 금고를 만드는 일은 국경을 넘거나 프랑스어를 배우는 일과 전혀 관련이 없었지만 과학의 세계를 이해하는 데엔 큰 도움이 됐다. 그래서 우리는 유언장을 작성할 때마다 참고하기 위해 그 책을 금고 속에 넣어두었던 것이다. 하지만 이 사실을 전혀 알지 못하는 아내는 금고 속에서 발견한 이 책을 공중에 흔들어대며 책갈피 사이에 혹시라도 숨어 있을지 모를 재산이나 비밀을 찾다가 우리의 시체처럼 바닥에 내던질지도 모르겠다.

마침내 봄이 왔다. 우리는 이때를 기다렸던 게 분명하다. 일 년 전 뇌졸중으로 쓰러진 뒤 재활의 의지를 불태우고 있을 때, 일 년 뒤 봄이 다시 시작되면 우리는 아주 우아한 걸음걸이로 하천변을 통과하고 있을 것이라고 상상했다. 아내와는 이혼했고 더 이상 금고를 만들지도 않으며 기억 대신 충동만으로 일생을 소모하길 바랐다. 하지만 우리는 죽음에 더욱 가깝게 밀려와 있고 조만간 경계를 넘어설 것 같다. 하천변의 나무들은 몸속에 물기를 채웠고 새들의 움직임도 경쾌해졌다. 성마른 물고기들은 물살을 거스르다가 주둥이와 지느러미에 상처를 늘렸다. 살아 있는 동안엔 상처를 피할 수 없다. 어쩌면 상처가 생명을 유지한다고 말할 수도 있겠다. 발가락이 잘려나가 뒤뚱거리는 비둘기는 먹이를 먹거나 일광욕할 때마다 항상 무리에서 밀려났지만 상처 덕분에 권태나 맹목에 휘둘리지 않고 고유한 리듬을 유지하고 있는 것처럼 보였다. 그러니 우리는 상처가 너무 많아서 죽게 되는 게 아니라 오히려 너무 없어서 종말을 맞이한 것이다.

그리고 어느 화창한 날에 하천변을 마지막으로 산책하고 집으로 돌아온 우리는 금고 안에 우리의 남은 인생을 모조리 쑤셔 넣은 다음 치사량의 두 배가 넘는 수면제를 한꺼번에 삼키기로 동의했다. 현실과 꿈, 삶과 죽음 사이의 영토는 너무 푹신해서 누구도 걸어서는 건널 수 없고 망둥이처럼 배를 깔고 미끄러지며 나아가야 한다.

아내까지 금고로 데리고 들어갈 수만 있다면 더 바랄 나위 없으련만. 우리에게 그녀는 생병을 연장해준 상처이자, 영원히 망각하거나 잃어버릴 수는 있어도 완전히 없애거나 바꿀 수 없는 비밀이다. 금고를 폭발시키지 않고서는 아무도 금고 안을 들여다볼 수 없으니 거기에서 죽어 있는 자는 단 한 명도 없을 것이고, 장모의 저주를 걱정하지 않은 채 우리는 아내와 다시 결혼 생활을 시작할 수 있을지도 모른다,

어느 방향으로도 삼십 센티미터밖에 되지 않는 정육면체의 철제 상자 속에다 매일 두 번씩 제 몸 전체를 구겨 넣고 안에서 문을 잠그던 서커스 단원이 끝내 그 철제 상자에서 빠져나오지 못하고 질식해서 죽었을 때, 우리는 그녀의 죽음을 추모하기 위해 작은 조형물을 만들었다. 금고 형태의 철제 상자에는 개폐장치가 없고 여섯 개의 벽들을 용접하는 대신 껴 맞췄으며, 긴급 상황에서 누군가 손뼉을 치면 기폭 장치가 작동해 상판이 분리된다. 우리는 그걸 서커스단에 전달하려고 찾아갔다가 단원들의 노여움을 사서 하마터면 그 상자 안에 영원히 갇힐 뻔했다.

벤치에 앉아 하천을 하염없이 들여다보고 있

을 때 갑자기 바람이 불었다. 꽃잎이 허공에서 소용돌이치고 새들은 수평으로 날았다. 머리카락이 풍문風紋을 따라 일제히 수런거렸다. 우리의 일생이 마침내 무풍지대를 벗어나려 하고 있었다. 아마드에게 마지막 강의를 시작해야겠다는 조바심이 일었다. 하지만 사지가 이미 돌처럼 굳어 자리에서 곧바로 일어날 수 없었다. 어쩔 수 없이 행인의 소매를 붙잡고 구급차를 불러달라고 부탁해야 했다.

전화를 끊은 지 반 시간도 채 지나지 않았는데 아마드가 공장에 도착했다. 저녁 열 시가 가까운 시간의 공장에는 아무도 없었다. 아마드가 작업복으로 갈아입을 시간조차 주지 않은 채 우리는 그를 공방으로 데려갔다. 그리고 손에 들고 있던 수첩을 보여주었다. 여태껏 아무에게도 결코 보여준 적이 없는 그것에는 우리가 사십 년 동안 배우고 익힌 금고 제작 방법이 상세하게 기록돼 있었다. 고객들을 단 한 번도 실망시킨 적이 없는 비밀을 아마드에게 미리 가르쳐주지 않은 까닭은, 그걸 알려주는 즉시 우리 인생이 쓸모없어질 것 같아 두려웠기 때문이었기도 하거니와 아마드를 우리의 유일한 제자로 받아들일 준비가 되지 않았기 때문이기도 했다. 그는 이미 우리에게서 비밀의 절반 정도를 배웠건만 여전히 우리를 실망시키고 있다. 실패가 유일한 스승이라는 우리의 믿음을 그도 머릿속으로는 충분히 이해하고 있었지만 매번 열패감을 극복하지 못한 채 제 허물 위를 맴돌았을 뿐이다. 늦은 저녁에 갑자기 우리의 전화를 받고 그는 이것이 마지막 기회라는 절박함에 사로잡혀 양말도 신지 않은 채 공장으로 달려왔다. 그는 우리의 말과 행동에 집중했다. 우리 역시 그러했다. 여덟 시간 동안 쉬지 않고 진행된 작업 끝에 아마드는 우리 수첩에 적힌 바대로 금고의 개폐장치를 완성했다. 땀과 희열로 온몸이 젖어 있는 아마드를 보자 우리의 인생에는 이제 어떤 쓸모도 남아 있지 않은 것 같아 쓸쓸해졌다. 뒤돌아보니 창밖까지 아침이 밀려와 있었고 정체가 불분명한 것들이 사방에서 반짝였다. 우리는 쇳물이 끓고 있던 화덕 속에 수첩을 던져 넣었다. 이 행동에 너무 놀라 아마드는 숨을 내쉬는 것도 잊어버린 채 화덕과 우리를 번갈아 들여다보았다. 이로써 우리는 더 이상 아마드를 능가한 금고 제작 기술자로 대접받을 수 없게 됐다. 허공으로 사라진 우리의 말과 행동을 정확히 기억하고 충실히 따른다면 그는 우리가 누린 명예를 물려받게 되겠지만 선천적인 불운에 또다시 방해받는다면 이곳에서 평생을 불법 체류자로 살 수밖에 없을 것이다. 물론 그때도 그는 가족들에게 거름이 되는 삶을 계속해서 살아갈 것이라고 믿어 의심치 않는다. 우리는 직원들이 출근하기 직전에 공장을 빠져나왔고 아마드는 땀에 젖은 윗옷을 벗어던진 채 업무를 시작했다. 우리는 사장에게 전화를 걸어 치료를 핑계로 사직 의사를 밝혔다.

집으로 돌아와 열두 시간 넘게 잠들었다가 저녁 늦게 일어난 우리는 두 개의 금고 속에 각각 넣어두어야 할 것들을 최종 정리했다. 첫 번째 금고 속에 넣어두고 아내에게 건네줘야 할 것들은 쳉거가 챙기고, 영원히 망각하거나 잃어버릴 수 있어도 완전히 없애거나 바꿀 수 없는 것들은 내가 챙겨 두 번째 금고에 넣기로 했다. 일체 서로에게 간섭하지 않되 금고의 문을 닫기 직전에 잠시 각자의 결심을 확인하기로 했다. 그래야만 서로의 삶이 죽음 앞에서 하나의 명백한 사건으로 완성될 것 같았기 때문이다. 죽음 이후에도 서로를 비난하거나 오해하는 상황이 계속되는 걸 아무도 바라지 않았다.

두 번째 금고 문이 닫히기 직전에, 나는 나의 무덤이자 죄악의 소굴인 쉥거를 단번에 잘라내어 그 속에 처넣을 것이다. 그야말로 영원히 망각하거나 잃어버려야 할 우리의 잘못이 아닌가. 심신의 균형을 잃고 더 이상 걷거나 말하지 못하게 되더라도 나의 결정을 후회하지 않겠다. 요양원이나 응급실에 머물면서 아내가 첫 번째 금고를 열었다는 소식을 덤덤히 기다릴 것이다. 죽음의 신에게 발목이 붙들릴 때까지도 아내에게서 아무런 소식이 들려오지 않는다면 나는 아마드를 보내어 비밀번호를 직접 알려주겠지만, 금고 안에 숨겨져 있는 것들을 말해주진 않을 것이다.

일주일 뒤 나는 침대에 누워 쉥거가 완성한 유
언장을 천천히 읽었다. 그는 자신의 죄악을 고백
하는 대신 불운만 불평했다. 특히 자신이 관련돼
있다고 의심받아온 세 건의 죽음에 대해 알리바
이를 자세히 설명하면서 억울함을 호소했다. 그는
카롤린에게 용서를 구하려고 그녀의 집을 수소문
해 찾아갔다. 하지만 그를 보자마자 마치 산불에
다시 갇히게 된 것처럼 그녀는 비명을 질러대면서
필사적으로 버둥거렸고, 칼을 든 그녀의 아버지와
마주치기 직전에 그는 그녀의 방에서 간신히 빠져
나왔다. 그다음 날 카롤린이 자신의 집에서 목을
맸다는 소식을 듣고 한 달간 방 안에 처박혀 식음
을 전폐하다가 고향을 떠났다.

금고 제작 기술자로서 명성을 날리고 있을 때
제 아버지의 재산을 빼돌리려다가 파문당한 사내
가 자신에게 불운이 찾아온 이유를 뒤늦게나마 간
파하고 공장으로 다시 찾아왔다. 쉥거는 자신 명
의의 토지 계약서를 그에게 돌려주려고 했다. 하

지만 사내는 그 정도의 배상금에 만족하지 못했고 아버지의 금고에서 자신의 몫을 빼내 오라며 윽박질렀다. 이미 독주와 마약으로 심신이 망가진 사내를 간단히 제압한 뒤 모텔을 조용히 빠져나오면서 쉥거는 마약 봉투를 작별 선물로 남겼다. 다음 날 그 사내의 시체는 모텔의 욕조 안에서 발견됐고 혈액에서 치사량의 수십 배가 넘는 마약 성분이 검출됐다. 사장에게서 그 소식을 전해 들었을 때 쉥거는 세상만사가 사필귀정의 순리에서 벗어나지 못한다는 사실에 새삼 놀랐을 뿐이다. 납치당한 자신의 딸을 되돌려 받기 위해 전전긍긍하고 있던 장모는 쉥거가 막대한 재산을 숨겨놓고 있다는 소문을 듣고 그를 카페로 불러냈다. 복구 불가능한 수준으로 절연한 뒤에도 자신의 딸이 십여 년 동안 안락하게 지낼 수 있을 만큼의 위자료를 요구했다가 거절당한 장모는 다음 날 오후 자신이 알아낸 비밀을 딸에게 알려주기 위해 집을 나섰다가 노상강도에게 살해됐다. 장모의 장례식에서 쉥거는 고인에 대해 흉기처럼 지니고 있던 서운함과 증오를 고백했다. 하지만 거짓말탐지기

검사까지 무사히 통과한 이상 그의 알리바이를 의심할 순 없었다. 그 사건 이후로 지금까지 감옥 안에 갇혀 지냈다는 쉥거의 푸념을 곧이곧대로 받아들일 수는 없었지만 각자의 결정에 일절 간섭하지 않겠다는 약속에 따라 나는 그가 완성한 유언장을 수정하지 않았다. 전 재산을 아내에게 상속하겠다고 문구 아래 그는 서명했다. 쉥거는 자신이 아내의 마지막 정부로 남길 원하는 게 분명했다. 그렇다고 그가 그녀를 용서했거나 이해한 건 결코 아니다. 오히려 자신의 죄악을 전가해 그녀를 영원한 고통 속에 밀어 넣으려는 의도가 숨겨져 있다. 시한폭탄 같은 재산 때문에 그녀는 매사를 의심할 것이고 모든 자들과 불화할 것이며 끝내 고독해질 것이다. 그러다가 기어이 폭탄이 터지고 낯익은 세계가 흔적 없이 사라지면 아내에게 남는 건 멸시와 후회뿐일 것이다.

불필요한 진실을 영원히 봉인하기 위해 죽음이 인간을 찾아온다. 조물주에게도 비밀을 영원히 숨겨둘 금고가 필요한 것이다.

비록 그리스도처럼 인류 전체의 모범으로 살진 못했어도 이웃에게 무해할 만큼 성실하고 정직하게 살아왔다고 자부했건만, 쉥거의 유언장 때문에 내 일생은 모조리 허위와 죄악으로 가득 찬 채 사라질 위기에 처하고 말았다. 그 항복문서의 마지막 페이지에는 단 하나의 단어나 문장도 없이 그저 구름 한 조각, 강 한 줄기, 나무 한 그루, 바위 하나, 그리고 직사각형 하나가 그려져 있다. 당연히 그 직사각형은 금고를 상징한다. 어쩌면 뇌졸중으로 우리가 둘로 분리되면서 무덤으로 변한 건 쉥거가 아니라 나이고, 쉥거가 제 일생에서 나를 잘라내기 위해 분투하고 있는지도 모르겠다.

나는 쉥거 몰래 유산의 상속자를 두 곳의 고아원과 아마드, 난민 지원단체로 바꿨다. 나중에 이 사실을 알게 되면 쉥거나 아내는 길길이 날뛰겠지만 죽음이 나를 완벽하게 보호해줄 것으로 생각하니 홀가분해졌다. 인간이라는 망상에서 해방된 나는 모든 사물을 자유롭게 관통하면서 그것 중 하나로 잠시 존재할 것이다. 특정한 대상일 수도 있고, 특정할 수 없는 대상일 수도 있다. 가령 사르가 소해의 바람처럼 어디에도 존재하지 않았다가 갑자기 태풍이 돼 누군가를 격렬하게 찾아갈 것이다. 수억 광년을 달려 지금 이곳에 도착한 별들이 원래의 자리에 더 이상 존재하지 않는다는 사실을 잘 알고 있지만, 우리는 여전히 그것들과 함께 살아가면서 운명이나 희망을 자주 빚지고 있지 않은가. 갑자기 사라진 나는 아무에게도 기억되지 않기를. 그럴 수 없다면 나의 부재가 진통제로 활용될 수 있기를.

쉥거는 내가 두 번째 금고에 넣어두기로 한, 영원히 망각하거나 잃어버릴 수 있어도 완전히 없애거나 바꿀 수 없는 비밀이 무엇이고 언제 그걸 자신에게 보여줄 수 있는지 궁금해했다. 하지만 나는 원래 왼손잡이가 아니었기 때문에 생각을 정리하고 그걸 글로 옮기는 데 시간이 아주 많이 필요하다는 핑계로 대답을 차일피일 미뤘다.

아내가 침대 안으로 숨어 들어오면 쉥거는 유언장 내용을 들려주며 그녀의 마지막 결정을 종용할 것이다. 유언장보다 이혼신고서를 세상에 먼저 꺼내놔야 한다면 유언장의 법적 상속인을 변경할 것이고, 우리가 그녀에게 법적으로 나눠줘야 할 위자료는 가정 파탄의 원인이 그녀의 불륜에 있다는 사실을 입증하는 데 모조리 사용하겠다고 선언하겠다. 그 이야기를 듣고 난 아내가 눈물을 흘리면서 사죄하거나 감사를 표시한다면 우리는 그동안의 일탈을 영원히 숨겨주겠다고 약속할 것이다. 아직 서른 살에도 이르지 못한 여자가 미망인 역할을 해야 하는 게 부담될 수도 있겠지만 우리는 뇌졸중으로 이 년 안에 반드시 사라질 것이고 우리가 남긴 유산의 규모는 예상을 훨씬 뛰어넘을 것이기 때문에, 아내가 조금만 더 현명하고도 이기적으로 판단한다면 우리의 제안을 거부하진 않을 것 같았다. 하지만 아내는 자신의 파멸을 기다리고 있는 함정을 미리 감지했는지 우리가 유언장을 완성한 다음 날부터 집으로 돌아오지 않아서 우리를 초조하게 만들었다.

우리는 아내를 찾아 매일 하천변으로 나갔다. 바지의 오른쪽 주머니에 금고의 비밀번호를 적어 둔 종이를 넣고 다녔다—이것은 전적으로 쉥거의 결정이었으므로 오른쪽 주머니에 넣는 게 맞다—. 행인들의 방해를 받지 않고 온전히 우리 자신의 리듬과 추억에 따라 그곳을 걷는다면 아내를 쉽게 찾아낼 수 있을 것 같았다. 문득 쉥거가 휠체어 모험가들을 기억해냈다. 그들의 숫자는 하천 개장 초기에 비해 크게 줄어들었지만, 여전히 행인이 거의 없는 새벽에 십여 킬로미터의 하천변을 내달리고 완주 시간에 따라 순위를 매기고 있다고 들었다. 부당한 차별대우에 넌덜머리가 난 그들이 뇌졸중 환자의 딱한 사정을 모른 척하진 않을 것이라고 쉥거는 확신했고, 나는 그의 쓸모가 흡족했다.

새벽에 그들이 자주 출몰한다는 장소를 찾아갔지만 아침이 밝아올 때까지 아무도 만날 수 없었다. 어쩌면 그들은 시민들이 알지 못하는 사이에 이미 이 도시에서 모조리 추방당했을지도 모른다. 그 다음엔 뇌졸중을 앓고 있는 자들이 차례가 될 것이고 노숙자 역시 액운을 피할 수 없을 것이다. 독재자가 이곳의 역사에 다시 등장해 이웃 나라와 전쟁을 시작하면, 군인들이 이 하천변을 따라 전장으로 떠나고 그들의 시체가 이 하천을 따라 돌아올 것이다. 시체의 입속이나 주머니를 뒤져서 연명하던 자들은 이따금 이곳의 역사를 행인들에게 들려주는 일로 끼니를 해결할 텐데, 이곳의 하천이 과거에서 미래로 흘러가는 게 아니라 미래에서 과거로 흘러오고 있다는 사실만큼은 모두에게 꼭 알려주길 바란다. 그래야 하천의 끝에 도달하면 우리의 여생은 더욱 황량해질 것이라는 비관, 어느 방향으로 걷거나 뛰어도 상황은 전혀 달라지지 않을 것이라는 체념, 기시감 때문에 개인과 집단을 구별하는 게 불가능해질 것이라는 공포, 그리하여 역사책의 두께가 점점 줄어들다가 결국 첫 페이지와 마지막 페이지가 같아질 것이라는 안도를 차례대로 경험할 수 있을 것이다. 우리는 종이 상자를 깔고 잠들어 있는 노숙자를 깨우려고 했지만 피곤과 꿈에 어찌나 단단하게 묶여 있는지 아무리 세게 흔들어도 꼼짝하지 않았다. 시체를 발견한 것처럼 겁을 잔뜩 집어먹은 내게 쉥거는 헛웃음을 날렸다. 삶은 달걀과 날달걀을 맨눈으로 구별하긴 어렵지만 매끄러운 바닥 위에 놓고 각각 돌려보면 그것들의 정체를 명확하게 알아차릴 수 있는데, 후자가 전자보다 훨씬 더 짧고 불퉁하게 도는 까닭은 살아 있는 것에는 외부 세계와 불화하는 본능이 숨어 있기 때문이라고 쉥거는 설명했다. 그러니 만약 그 노숙자가 죽어 있었다면 우리가 흔들었을 때 그는 힘없이 하천으로 굴러떨어져 하류로 흘러갔을 것이라고 나를 안심시켰다.

아마드의 도움을 받아 우리는 휠체어를 타고 일요일 한낮의 하천변을 질주했다. 행인들은 자신들의 휴식과 산책을 방해하는 우리가 못마땅해했지만 우리가 겪고 있는 불운에 곧 위안을 얻고 마지못해 길을 터주었다. 처음엔 부끄러워 고개조차 들지 못했는데 점차 속도에 익숙해지자 휠체어 위에 다리까지 꼬고 앉아서 왕의 여유를 누리게 됐다. 하지만 아마드에게서 밀려오는 역겨운 땀 냄새 탓에 몽상은 깨어지기 일쑤였다. 그는 살면서 단 한 번도 휠체어를 밀어본 적이 없는 게 분명했다. 휠체어를 타고 산책하려면 평화와 포장도로와 선의가 있어야 하는데 아마드의 고국은 오랜 전쟁으로 그것들이 모두 파괴됐으니 더 이상 혼자 걷지 못하는 자들은 가구나 가축의 운명을 강제로 부여받을지도 몰랐다. 하지만 이 나라에선 결코 그런 일이 일어나지 않았다는 사실을 각인시키려는 듯 쉥거는 자신의 혀를 마부의 채찍처럼 사납게 휘둘러 아마드를 닦달했다. 휠체어에서 내려 벤치에 잠시 앉고 싶다는 내 요구를 아무도 알아듣지 못했다. 그래서 나는 외부 세계와 불화하는 본능이 아직 살아 있다는 사실을 직접 증명해 보이기 위해 휠체어에 앉은 채로 바지가 젖을 때까지 오줌을 지렸다.

하천변 끝에 이르렀을 때 나무 널판을 겹쳐서 만든 간이 무대 위에서 일군의 예술가들이 노래를 부르고 춤을 추는 게 보였다. 그들은 자유와 평화를 갈망하고 있었지만 이미 주머니 속에 그것을 충분히 챙겨 넣어둔 것 같았다. 통로를 막아선 구경꾼들 사이를 휠체어로 통과하는 게 쉽지 않았다. 마치 얼음을 깨고 전진하는 쇄빙선처럼 우리는 느리게 전진했다. 우리가 지나갈 때마다 그들의 자유와 평화는 산산이 부서졌고 쉽게 아물지 않았다. 우리 역시 보호받아야 할 인간이란 사실이 그들을 화나고 귀찮게 만들었다. 간신히 소란의 자장 밖으로 빠져나와 숨을 돌리고 있을 때 반대쪽 길에서 한 소녀가 걸어가는 게 보였다. 뒷모습이 전부였지만 나는 그녀가 누구인지 정확히 알아보았다. 어떤 인과율이 그녀의 자전 속도를 변경시켰는지 알 수는 없었지만 적어도 그녀는 하천변과 연결된 궤도를 따라가면서 신성한 목적을 자신의 삶에 골고루 투사시키고 있었다. 설령 신기루에 이끌리고 있을지라도, 지상 어딘가에 실제로 존재하는 것들만 신기루로 재현될 수 있다는 사실을 떠올린다면 결코 실망할 일은 아니었다. 그 소녀가 우리의 생애에 가장 가깝게 접근한 순간이라고 확신한 우리는 아마드를 다그쳐 그녀를 뒤쫓아가게 했다. 인종차별적 욕설을 그에게 퍼부은 자가 나인지 쉥거인지 솔직히 모르겠다. 휠체어 모험단의 일원처럼 하천의 물보다도 더 빠른 속도로 달려서 우리는 마침내 소녀에게 도달했다. 그녀는 죽음의 땅에서 빠져나갈 출구로 우리를 안내해줄 베아트리체였다. 그녀에게선 우리가 결코 기억하지 못하는 숨소리와 냄새가 흘러나왔다. 몸을 날려 소녀를 덮치려는 순간 그녀는 뒤를 돌아보더니 비명을 지르면서 다급히 하천을 가로질러 가는 게 아닌가. 바짓단과 신발이 흠뻑 젖었는데도 속도를 줄이지 않았다. 그녀의 표정은 분노와 증오로 타올랐고 그것과 똑같았던 카롤린의 표정을 기억시켰다. 이미 지칠 대로 지쳐 있던 아마드는 휠체어로 하천을 건너갈 방법을 찾지 못해 우리를 제자리에 세운 채 발만 동동 굴렀다. 우리는 그녀가 소실점을 향해 빛의 속도로 응축되면서 살과 뼈가 녹고 영혼이 휘발해버리는 광경을 끝까지 지켜봤다. 그로써 우리에겐 죽음의 땅에서 벗어날 마지막 기회마저 사라지고 말았다. 나는 휠체어에서 내려 두어 발짝 걸어간 뒤 하천 위로 몸을 던졌다.

쉥거는 아마드를 괴롭히느라 정작 자신에게 닥쳐오고 있는 위험을 감지할 수 없었다. 물총새처럼 허공을 정지 비행하다가 수면을 향해 멋지게 처박힌 건 아니었고, 누군가의 발길에 차인 돌처럼 하천변의 경사면을 둔탁하게 굴러서 물속으로 들어갔다. 하천의 수심이 얕은 까닭에 우리의 고통은 수면 위까지 고스란히 드러났다. 이마와 뒷덜미가 바위에 차례로 부딪힌 다음 뾰족한 자갈들이 척추뼈 사이를 빼곡히 파고들었다. 우리의 삶이 통째로 담기기엔 단말마는 너무 짧고 모호했다.

나는 응급실의 침대 위에서 깨어났다. 창문을 투과한 빛 이외에 나의 생환을 확인해줄 징후는 어디에도 없었다. 아내에겐 연락이 닿았을까. 뒤늦게나마 나에 대한 애정을 회복한 그녀가 한걸음에 이곳으로 달려와서 의료진들을 향해, 뇌졸중을 앓기 시작한 지 일 년밖에 지나지 않은 내가 갑작스레 죽음을 맞이하게 된 까닭은 산책과 같은 무의미한 연명 조치를 권장했던 그들의 파렴치함 때문이라고 나를 대신해 항의해주었다면 더 바랄

게 없겠다. 하지만 아내의 존재를 증명하는 소리
나 냄새는 전혀 감지되지 않았다. 그 순간 지독한
한기가 심신을 뒤흔들었다. 혈압과 체온이 갑자기
떨어지자 의사가 약물을 주입했다. 바이털 사인이
모두 정상으로 돌아왔을 때 나는 오른쪽 절반뿐인
쳉거마저 찾을 수 없었다. 내가 살고 그가 죽은 것
일까. 아니면 내가 죽고 그만 살아남았으나 그가
나를 위장하고 있는 건 아닐까. 몸 전체를 동시에
꿰뚫은 충격이 우리를 뇌졸중 이전의 상태로 다시
결합했을 수도 있었다. 하천변의 경사면을 굴러서
하천 바닥에 처박힐 때까지의 시공간을 잘게 나누
어 그 갈피 사이를 샅샅이 살폈더니, 뒤통수를 하
천 바닥에 부딪기 직전에 쳉거가 마치 격추당한
전투기의 비행사처럼 나에게서 비상 탈출하는 모
습을 찾아냈다. 그는 내게 짧게나마 작별 인사까
지 건넸다. 무모할 정도로 자신의 정체성에 집착
하는 그가 나를 떠나 다른 인간에게로 숨어들었는
지, 아니면 아직도 불시착할 장소를 찾지 못해 유
령처럼 하천변을 홀로 떠돌고 있는지는 알 수 없
다. 사르가소해의 바람처럼 어디에도 존재하지 않

았다가 돌연 태풍으로 변신해 누군가를 찾아갈 수도 있다. 훗날 그와 마주치더라도 나는 더 이상 그를 알아볼 자신이 없었다. 그렇다고 그가 먼저 나를 아는 체하진 않을 것이다. 탁란托卵하는 뻐꾸기처럼 자신의 죄악을 내게 떠넘긴 채 도망친 그는 내가 형기를 마칠 때쯤 슬그머니 찾아와 내 목숨을 거둬가지 않을까. 뼈와 근육이 크게 손상돼 더 이상 걷지 못하는 나는 침대 위에서 평화롭게 낡아갈 것이다. 생의 의무감에 집중하려고 애쓸 때마다 잠이 몰려왔다. 뇌과학자들이 조물주는 고작 호르몬이 만든 허상에 불과하다는 사실을 밝혀낸 뒤에도 인간은 여전히 자신의 운명을 설정해두고 성공과 실패를 모두 조물주의 의지로 해석할 게 틀림없다.

어느 날 오후 사장이 찾아왔다. 수십 년 동안 생사를 확인하지 못했던 형제를 만난 것처럼 너무 반가워서 울긱했다. 나는 그에게 사고 경위를 설명하려고 했지만 혀는커녕 눈꺼풀조차 움직여지지 않았다. 비슷비슷한 꿈이 나를 식물로 변신시켰다. 보고 듣고 느낄 수는 있어도 반응하고 말하고 움직일 수는 없었다. 나의 상태를 여러 번 확인한 뒤에야 비로소 사장은 식물 앞에서 고해성사하기 시작했다. 그의 이야기가 멈추자 비로소 아내가 등장하는 퍼즐 그림이 한꺼번에, 그리고 완벽하게 완성됐다. 응급실을 나서는 사장의 등에 쉥거가 업혀 있는 게 보였다.

아내는 지금 어디에 머물고 있을까. 자신의 승리를 확인하기 위해서라도 한 번쯤 병원에 나타날 법한데도 아직 깜깜무소식이다. 어쩌면 내게 임박한 죽음이 자신의 운명을 확정하기 전에 그걸 수정할 수 있길 갈망하면서 며칠째 금고 앞에서 밤을 지새우고 있을지도 모르겠다. 금고의 비밀번호가 적힌 종이는 사고와 함께 물에 녹아버렸기 때문에 그녀의 불운을 조종하는 건 여전히 쉥거의 저주이다.

밤은 밤으로, 침묵은 침묵으로, 열기는 열기로, 빛은 빛으로, 허기는 허기로, 무위는 무위로, 꿈은 꿈으로, 공포는 공포로, 그리고 갈증은 갈증으로 이어지는 날이 계속됐다. 나는 이미 식물의 상태로 박제된 게 분명했는데도 가끔 간호사가 찾아와 맥박과 체온을 확인하고 링거병을 새것으로 바꾸어주었다. 누가 그녀를 주기적으로 내게 보내고 있는지 궁금했다. 나의 죽음과 함께 영원히 봉인될 비밀들을 기어이 금고 밖으로 꺼내기 위해 필사적이다. 불필요한 진실에 처참하게 파멸될 수 있다는 경고에도 그들은 결코 호기심을 버리지 않는다. 결국 혀는커녕 눈꺼풀조차 움직일 수 없는 나를 대신해 누군가 기폭 장치를 작동시키고 금고 문을 강제로 열어서 내부 상태를 모두에게 확인시켜줘야 비로소 내가 죽음으로부터 안식을 기대할 수 있을 것 같았다. 쉥거가 너무 보고 싶었다.

어느 날 밤, 가족들 이외엔 면회가 금지된 시간에 아마드가 나를 찾아왔다. 반가워서 하마터면 소리를 지를 뻔했다. 하지만 그는 내게서 아무런 메시지도 감지하지 못했는지 덤덤한 표정으로 나를 내려다보면서, 지금의 나를 축복할 수 있는 자

가 가브리엘 천사인지 아니면 타나토스인지 혼란
스러워했다. 그는 식물일지라도 친밀한 인간의 간
단한 언어 정도는 알아듣는다는 사실을 알고 있었
다. 심각한 표정으로 그가 뭔가를 말하려고 하자
나는 더럭 겁이 났다. 기독교도의 고해성사와 같
은 절차가 이교도에게도 있는 것일까. 나를 찾아
온 사람들마다 죽은 자에겐 절대로 하지 않을 이
야기들을 쏟아내고 있는 이유를 이해할 수 없었
다. 그들은 식물과 금고를 혼동했을 수도 있다. 나
의 심신은 누군가의 비밀을 감춰주기엔 부적합했
으나 차마 거부할 수는 없었다. 거위침을 삼킨 그
가 부조리한 세계와 운명에 대한 분노, 내가 자신
과 자신 가족들에게 베풀어준 호의에 대한 감사,
그리고 내가 겪은 불운에 대한 연민 따위를 두서
없이 늘어놓았다. 그러고는 주머니에서 뭔가를 꺼
냈다. 추락 사고 때 쉥거가 잃어버린 리모컨이었
다. 그걸 어떻게 얻게 됐는지 아마드는 설명하지
않았다. 그 대신 자신이 나의 복수를 위해 준비한
계획을 더듬거리면서 속삭였다. 그는 내 아내와
사장에 대한 염문을 오래전에 이미 알고 있었으나

차마 내게 말하지 못하고 있다가, 내가 그것의 진위를 밝히고 교정할 능력을 완벽히 상실하자 비로소 용기를 낸 것 같았다. 나는 식물들이 어떻게 감사를 표현하는지 배우지 못해서 그저 숨결만을 미약하게 떨었을 뿐이다. 그와 동시에, 죽은 자의 명예를 위해 산 자들이 끝까지 싸워주는 전통이 없는 이 나라에 불법으로 체류 중인 그가 나를 위해 정의로운 행동을 했다가 가족과 함께 추방당할 걸 상상하니 몹시 안타까웠다.

또다시 밤은 밤으로, 침묵은 침묵으로, 열기는 열기로, 빛은 빛으로, 허기는 허기로, 무위는 무위로, 꿈은 꿈으로, 공포는 공포로, 그리고 갈증은 갈증으로 여러 날이 이어졌다. 하지만 병실 밖에선 고작 하루 정도의 시간이 흘러갔을지도 모른다. 시공간에 대한 감각을 완벽히 잃은 까닭은 머리와 척추에 박힌 돌 때문이 아니라, 아마드의 복수가 연쇄적으로 일으켰을 결과에 대한 궁금증 때문이다. 그리고 똑같은 인물들이 등장해 똑같은 상황을 재현하는데도 매번 결말이 달라지는 꿈 때문이기도 했다.

　간호사가 창문을 열자 뜨겁고 메마른 공기와 함
께 벌새 한 마리가 병실 안으로 들어와 아네모네
화분 주위를 맴돌기 시작했다. 그걸 말벌로 착각
한 간호사는 비명을 지르면서 줄행랑을 쳤다가 오
분쯤 지나 건장한 경비원 두 명을 데리고 나타났
다. 그들 손에는 포충망을 들려 있었으나 그때는
이미 벌새가 창문으로 빠져나간 뒤였다. 방 안의
열기는 점점 더 강해졌고 나의 의식은 점점 더 흐
려졌다. 이제 나도 식물적 일상을 멈출 시간이 됐
다고 확신했다.

　거듭 말하지만, 죽음 따윈 전혀 두렵지 않다. 내
가 죽은 뒤에 남은 거짓들이 나의 일생을 증언할
것이라는 걱정에 괴로울 따름이다. 나의 선행은
쉥거의 악행으로 뒤덮일 것이고, 쉥거의 존재에
대해서 알 리 없는 사장은 단숨에 두 개의 금고 문
을 열고 유언장부터 읽어 내려갈 것이다. 그러곤
배시시 웃으면서 이혼신고서를 찢거나 태우겠지.

인간의 법정에 앉아 있는 어느 누구도 지고지순함을 자랑할 수 없다. 그런데도 그곳에서 죄악을 적게 저지른 자가 자신보다 더 흉악한 자를 심판하는 것도 아니다. 그저 죄악을 먼저 추궁받은 자가 피고석에 서고 나머지 인간들이 배심원석에 앉는다. 그리고 그들과 별반 다른 게 없는 자들이 형량을 거래하고 판결한다. 하지만 자신들이 곧 피고석에 앉게 될 상황을 걱정해 형량을 점점 줄이고 있다. 나중엔 법정의 숫자마저 줄어들 것이고, 인간 대신 조물주가 피고석에 앉는 경우도 생겨나겠지. 아내와 사장의 흉악함을 직접 입증하지 못한다면 나는 쉥거가 떠맡긴 죄악 때문에 카롤린이나 장모에게서 영원히 고통받을 것이다.

벌써 아내의 비명 또는 사장의 웃음소리가 들려오는 것 같다. 너무 외롭고 무서워서 쉥거의 이름을 두어 차례 불러보았으나 몸뚱이 어느 곳도 꿈쩍이지 않았다.

문득 아내와 함께 하천변을 걸어가던 남자가 쉥

거일지도 모른다는 생각이 떠올랐다. 나를 제외하고 세상은 이미 화친했으며 나는 그들 사이에 돋아난 물집에 지나지 않았다. 아내를 내게 소개해준 자가 사장이었는데, 쳉거가 아내를 사장에게 돌려보낸 것이다. 아내는 벌새의 모습으로 나를 잠시 찾아와 죄책감을 확인하고 황급히 돌아갔다.

죽음이 심신을 가득 채운 순간, 삶을 뒤덮고 있던 거짓의 안개는 모두 걷히고 진실의 사금만이 사방에서 반짝였으나 내가 살아서 그토록 갈망했던 풍경이나 감정은 전혀 아니었으므로 굳이 그 사금을 집어 들고 내 죽음을 확인하려 애쓰지 않았다. 그 대신 나도 모르게 프랑스어로 이렇게 중얼거렸다. '걷기 전에 죽은 자의 신발부터 기대하지 말라 Il ne faut pas compter sur les souliers d'un mort pour se mettre en route'

사장은 나의 장례식을 성대하게 치러주었다. 검은 상복을 입은 아내는 인간이 지닌 가장 순수한 감정이 슬픔이라는 사실을 증명했다. 장례식이 끝날 때까지도 쉥거는 나타나지 않았다. 이 또한 슬픔을 표현하는 그만의 고유한 방식이라고 생각하니 전혀 서운하지 않았다. 아마드도 자신의 가족들을 데리고 조문객 뒤에 서 있었다. 내 시신이 담긴 목관 앞에 작은 금고 하나가 놓였다. 아마드가 만들었다는 사실을 한눈에 알아차릴 수 있을 만큼 철판의 마감 상태가 매끄럽지 못했다. 조문객 대부분은 금고 안에 노잣돈을 던져 넣었으나 양말이나 나침반, 그리고 내가 살아 있는 동안 결코 닿지 못한 여행지에서 사 온 기념품을 챙겨온 자들도 있었다. 마지막 조문객의 추념까지 끝나자 금고는 내 시신과 함께 땅속에 묻혔다. 더 이상 운명의 궤도를 맴돌 필요가 없어진 내 영혼은 무덤 밖으로 곧장 빠져나가지 않고 그 금고 안에 들어가 사흘 정도를 지냈다. 유령에게 금고 문이나 비밀번호, 기폭 장치 따윈 아무런 제약도 되지 않았다. 죽음의 영토에선 밤도, 침묵도, 열기도, 빛도, 허기도, 무위도, 꿈도, 공포도, 그리고 갈증도 전혀 감시할 수 없었다.

나와 아내의 침실로 숨어든 아마드는 쉥거의 리모컨으로 기폭 장치를 작동시키는 데 성공했을까. 혹시 두 개의 금고 중 하나만 파괴되고 다른 하나는 고스란히 남았다면 어떤 것이 온전히 남아야 복수가 완성되는 것일까. 첫 번째 금고에 넣어두었던 유언장과 이혼신고서가 사라진다면 아내는 유일한 법적 상속자로 지목돼 오히려 행운을 차지할 수도 있다. 두 번째 금고에는 책 한 권과 다이아몬드 반지만 들어 있으니 그게 세상에 남는다면 나의 지고지순한 사랑이 칭송받을 수도 있겠다. 두 번째 금고의 기폭 장치만 작동했다면, 책은 사라지고 다이아몬드와—반지를 이루는 금은 고열에 녹아 형체를 잃었을 것이다— 유언장, 이혼신고서가 남을 텐데, 이혼신고서가 유언장보다 앞서 집행되도록 유언장에 명기돼 있으므로 아내가 챙길 수 있는 재산이라곤 다이아몬드가 전부이다. 두 가지 경우를 따져보니 첫 번째 금고가 파괴되는 편이 내 죽음 뒤에 남을 오명을 조금이나마 씻어줄 수 있을 것 같다. 그러다가 문득 이런 질문에 사로잡혔다. 만약 아마드가 기폭 장치를 작동시키기에 앞서 첫 번째 금고 문을 열고 나의 유언장에서 자신의 이름을 발견했다면, 그때도 리모컨 버튼을 누를 수 있었을까. 죽은 자의 명예를 위해 산 자들이 끝까지 싸워주는 전통이 없는 이 나라에서 추방당하지 않으려면 자신에게 저절로 굴러올 횡재를 머뭇거리지 말고 집어 들어야 하지 않을까. 그에게서 공장장의 직책을 빼앗는 게 내가 원한 결말은 아니지 않는가. 쉥거가 훔친 재산이 아마드에게 고스란히 옮겨갔다고 해서 세상이 크게 달라질 리도 없었다. 아마드 역시 자신이 살아 있는 동안엔 결코 황금을 세상에 꺼내지 않을 것이고, 직업에 대한 태도와 생활방식도 평소와 다름없이 유지할 테니까.

살아 있는 동안 황금과 죽음만을 걱정하다가 실수와 죄악을 반복했으면서도 마치 죽음 덕분에 평정심과 지혜를 얻게 된 것처럼 거들먹거리는 나란 인간은 참으로 한심하기 이를 데 없다. 내가 남긴 재산을 누가 차지했고, 누가 진실을 발견해냈으며, 사장이나 아내나 아마드 중 누가 먼저 파멸됐

는지는 더 이상 궁금해하지 말자. 다만 쉥거만큼
은 간절히 단죄하고 싶다. 기생할 육체를 찾지 못
하면 결국 그는 이곳으로 찾아와 내 무덤에서 금
고를 파내 가려고 할 테니 나는 그를 참을성 있게
기다리고 있다. 너무 지루하면 벌레나 풀씨의 몸
을 빌려 잠시 하천변에 다녀오곤 했다. 더 이상 걷
지 않아도 어디든 갈 수 있다는 게 무척 만족스럽
다. 카롤린이나 카루소를 만나도 애써 시선을 피
할 필요도 없다. 그들은 눈에 보이지 않는 나를 진
심으로 환영한다. 아내나 아마드를 찾아갈까 고민
할 때마다 쉥거의 그림자가 어른거려 뒷걸음질쳤
다. 하지만 한 달을 기다려도 그는 나를 찾아오지
않았고, 벌새의 날개보다 더 가볍고 투명해야 할
내 영혼은 그사이 점점 더 무겁고 불투명해졌다.

　나의 장례식장에 참석한 아마드가 주머니 속의
리모컨 버튼을 쉴 새 없이 눌러댔다면 문상객 중
에는 뇌졸중을 겪지 않고서도 하나의 몸을 두 개
의 영혼이 나누어 쓰게 된 자들이 여럿 생겨났을
지도 모르겠다. 내부의 분리 장벽이 무너진 뒤로

자신과 주변 사람들은 어떻게 변했을까. 서로를 쉽게 이해하고 용서할 수 있게 됐을까, 아니면 잔혹하게 복수하고 망각하는 방법에만 열광하게 됐을까. 적어도 그들이 외로움을 덜 느끼게 됐을 것만큼은 분명하다. 외로움은 흑사병과 같다. 심지어 죽은 자까지도 감염시킬 만큼 강력하다. 그래서 나는 어느 날 밤 송장벌레의 등에 업혀 무덤을 빠져나오면서, 내가 죽고 쉥거가 살아남은 게 아니라 오히려 내가 살고 쉥거가 죽었지만 내가 그를 위장하고 있다고 생각했다. 한 달 남짓 쉥거를 기다렸는데도 끝내 만나지 못했던 까닭도 그런 이유가 아니었을까. 세상이 아직 예전의 모습을 유지하고 있을 때 아마드에게서 쉥거의 리모컨을 빼앗아야 한다고 생각했다가, 더 이상 내가 지나온 이승의 행간 따위 신경 쓰지 말자고 중얼거렸다.

우리가 하천으로 굴러떨어진 뒤로 그곳에는 적어도 네 가지의 변화가 일어났다. 우선 휠체어의 통행이 전면 금지됐다. 그리고 하천을 따라 난간이 늘어서고 곳곳에 위험을 알리는 표지판이 세워졌다. 새로 채용된 하천 관리인은 온종일 사무실에 앉아 감시 카메라가 전송하는 화면을 들여다봐야 했다. 시민들이 거의 알아차리지 못한 마지막 변화는 그 하천의 수위가 십 센티미터가량 높아졌다는 것이다. 이를 위해 도나우강 물을 끌어 올리는 펌프의 개수를 늘리고 양수량도 높였다.

모든 순간의 코리스모스

전청림

1. 하나 이상의 존재

분열된 자기라는 말을 아시는가. 한 인간이 둘로 쪼개졌다는 것, 반만 살았다는 것, 나머지는 유령이 되었다는 것. 김솔의 소설 『행간을 걷다』는 자기 내부에 독처럼 잠복한 유령과 함께 사는 분열된 사내의 이야기다. 뇌졸중 이후 마비된 오른쪽의 몸이 바로 그 유령의 정체다. 살아 있지만 죽은 것, 죽어 있지만 살아 있는 것. 산 주검이 산 자의 몸 안에 깃들어 있다. 여기에서 중요한 사실 하나. 남자는 결코 반쪽짜리의 인간이 된 것이 아니다. 오히려 그는 유령을 몸에 초대함으로써 하나 이상(1+n)의 자기를 얻은 셈이다. 그러므로 그에게 주어진 것은 절반의 삶이 아니라 이전과 완전히 다른 삶이다. 오른손잡이에서 순식간에 왼손잡이가 된 그가 배운 적 없는 프랑스어를 완벽하게 구사하게 된 것처럼.

환갑을 앞두고 뇌졸중을 앓게 된 그는 마비된 몸 탓에 자신이 권태와 회한에 빠질 것이라 예감한다. 오른손잡이에게 오른쪽은 주主된 것이자 젊음이요, 왼쪽은 부附이자 덤이다. 이렇게 본다면 왼쪽의 몸에 유폐된 그는 확실히 늙고 병들었다고 할 만하다. 싱싱하고 건강한 모험의 역사를 오른쪽의 무덤에 파묻었기 때문이다. 그러나 이 소설에는 떡을 두 조각으로 뚝 갈라내는 식의 이원론이 없다. 오른쪽이라는 고고학적 증거는 늘 왼쪽의 삶으로 침투한다. 사라지지 않은 오른쪽과 투쟁하고 협상하며 살아가는 한 그는 이제 남은 삶에서 지겹도록 신연을 미주보아야 한다. 부정적인 것과 함께 머물기가 삶의 과업이 되는 셈이다.

소설에서 남자는 자기 안의 알 수 없는 유령을

'너' 혹은 '쉥거'라고 지칭한다. 그리고 그와 함께 동거하는 자기 자신을 '우리'라고 부르기로 한다. 우리라는 말은 나와 너를 함께 통칭하는 잠정적인 단어일 뿐 결코 통합된 자기를 뜻하지 않는다. 남자는 우리라는 총체가 아니라 자기의 비일관성과 불안정성을 자신의 상태 그 자체로 끌어안고 살아간다. 그에게 우리라는 지칭은 자기 안에 심연이 있다는 말과도 같다. 심연이라는 부분은 전체보다 크고, 그 부분이 가진 잠재적 위력 탓에 남자는 그 어떤 총체로도 환원될 수 없다. 남자는 영원한 모순과 균열, 즉 코리스모스chorismos의 순간을 매분 매초 살아가는 것과 마찬가지다.[1] "막대자석을 아무리 작게 잘라내더라도 양극이 남는 것처럼 우리를 아무리 작게 나누더라도 모든 조각에는 너와 내가 똑같은 부피로 편재해 있을 것이므로 매 순간 너와의 투쟁과 협상은 불가피할 것 같다." (128쪽) 마치 동전의 양면처럼 모순을 피해갈 수

---

1) 티머시 모턴, 『실재론적 마술』, 안호성 옮김, 갈무리, 2023, 34쪽 참조.

없는 투쟁의 삶에는 오만한 자기동일성과 육신의 유기체적 총체성이 끼어들 수 없다. 남자는 언제나 자신을 모를 것이고, 자신과 싸울 것이며, 자기로 퇴행할 것이다. 하나 이상의 자기가 됨으로써 스스로에게도 불가해한 존재가 되어버린 그이기에.

강렬한 첫 문장으로 이 소설에 초대된 사데크 헤다야트의 『눈먼 올빼미』이야기를 여기에서 잠시 꺼내봐도 좋겠다. 일평생 고향을 떠나 문학 창작에 골몰하던 헤다야트의 젊음과 고뇌, 잠과 아픔, 죽음 충동과 불안을 다룬 소설인 『눈먼 올빼미』는 한 이름 없는 주인공이 올빼미 모양으로 벽에 비친 자신의 그림자에게 이야기를 들려주는 형식으로 이루어져 있다. 소설은 주인공과 멀리 떨어져 살아 움직이던 인물들이 서서히 옅어져 죽음의 그림자로 수렴되고, 다시 그 역으로 격렬히 약동하며 그려지는 생의 불가해한 동선을 환상적인 반복과 변주로 보여준다. 올빼미 모양의 그림자와 '나'가 구분되지 않는 데에서부터 시작해 죽음과 삶이, 광기와 현실이 점차 혼란스럽게 뒤섞이

는『눈먼 올빼미』는 실로 고통이라는 혼란한 진실
로부터 '질서와 규칙'이라는 이성은 부차적인 것
이라는 현대 실존주의적 테마에 긴밀히 호응한다.
이때『행간을 걷다』는 행行이라는 '질서와 규칙'
사이에 간間이라는 찰나의 호흡을 함께 운동시키
며 헤다야트의『눈먼 올빼미』와 조우한다. 그런데
삶 속에서 죽음을 품는다는 것이 현대 실존주의적
소설가들의 주된 테마였다면, 김솔의 소설이 보여
주는 특이한 언어는 과연 무엇이 새롭다고 읽어내
어볼 수 있을까. 궁금하지 않은가. 김솔이 스스로
가 초대한 헤다야트의 문장을 얼마만큼 받아들이
고, 또 그로부터 얼마만큼 내달려 틈을 벌려내고
있는지가 말이다.

2. 천변의 시간

죽음을 품은 남자는 늙고 병든 것이 아니라 "어
린아이나 성자의 삶"(27쪽)처럼 묘한 활력을 얻
게 된다. 눈여겨보아야 할 것은 그에게 이제 기존
의 가치와 질서가 작동하지 않는다는 점이다. 쉥

거가 끼어든 남자의 삶은 변증법의 원리가 아니라 불확정성의 원리에 들어서게 되는데, 바로 여기에서 기존 소설의 문법을 거스르는 김솔의 특별한 개성이 드러난다. 다시 말해 김솔은 아我와 비아非我의 투쟁을 추진력 삼아 거시세계와 종합의 길로 들어서는 근대적 확장성을 거부한다. 오히려 그의 소설에서 중요한 것은 미시세계의 난제를 품고 근대적 시공간의 역학을 완전히 뒤바꾸어버린 현대 물리학의 관점이다. 확실한 것을 점차로 늘려가며 신의 세계에 가까워지는 것이 아니라 나를 이루는 물질을 최소 단위로 쪼개어 존재의 확실성을 지하까지 흔들리게 하는 것. 모순되는 것들의 공존이라는 양자역학의 원리가 활자의 단위로 흩뿌려질 때, 소설이 품는 진실은 하나 이상($1+n$)이라는 비결정론적 세계에 가닿게 된다. 그러므로 『행간을 걷다』에서 사내가 우리라는 이름으로 하나 이상의 자신을 규정했을 때, 이는 실존적 결단이었을 뿐 아니라 양자론적 세계에 기반한 존재론적 규칙을 따른 것이기도 했다. 양자라는 미시세계가 모든 객체는 단일할 수 없다는 사실을 증명하고 있으므로.

　문제는 이와 같은 존재론적 규칙이 뒤바꾸어버리는 소설의 문법이다. 불확정한 무질서가 자꾸만 끼어든다면 과거-현재-미래라는 보편적인 시공간의 원칙은 소용이 없어진다. "진실의 세계에서 주객은 곤죽처럼 뭉쳐져 있고 시공간은 끊임없이 교환되며 인과는 짝을 이루어 전개되지 않는다."[2] 그러므로 김솔이 그리는 소설의 시간은 기왕의 선형적인 시간성과 기계적 인과성이 작동하지 않는다. 우리에게 물리적 시공간이 얼마나 다른 방향으로 흐를 수 있는지를 "양자론적 진술"[3]로 실험하고 있기 때문이다. 여기에서 중요한 사실 둘. 남자는 모두에게 주어진 시간을 사는 것이 아니라 그 누구도 아닌 자기 자신에게만 유효한 시간을 살아간다. 시간의 신에게 자비를 구하는 것이 아니라 시간의 흐름을 분절 내며 그 자신이 매분 매초의 기적이 된다는 것. 이런 의미에서 어

---

2) 김솔, 「낙타의 세계」, 『말하지 않는 책』, 문학동네, 2023, 96쪽.
3) 위의 글, 97쪽.

린아이나 성자의 삶을 살겠다는 남자의 결심은 기존의 가치를 전복하겠다는 니체적 진술에서 멈추지 않는다. 그는 자신의 존재론적 특이성으로 말미암아 물리적 시공간까지도 재구축하는 시간의 상대성을 통해 무한한 자유를 사유하고 있는 것이다.

금고라는 신의 봉인을 뜯어내는 동시에 제작하는 소설 속의 남자는 이런 점에서 시공간의 무한한 탈구축과 재구축을 이루어내는 중이다. 남자가 묘사하는 매일 하천의 풍경은 실로 너무나 느리게 흐르는 뇌졸중 환자의 시간을 실감하게 하며 상대성 이론의 적절성을 보여주는 동시에 진실과 거짓, 현실태와 잠재태가 함께 응축된 불확정성의 원리가 어떻게 공간에 깃드는지를 보여준다. "백여 년 전 (……) 근대의 역사가 시작"(30쪽)된 이 하천은 곧장 군부 독재시절의 개발로 사라지고, 이후 건설업체 사장 출신 대통령의 복원 사업을 통해 인공 하천으로 거듭닌다. 정치적 위기마다 소환되고 시민단체의 시위가 계속되는 이 공간은 서울 도심 모처의 하천을 떠올리게 하지만, 그 예감을 보란 듯이 걷어내는 문장들 또한 편재한다. "도나우강까지 지하 수로를 뚫고 펌프로 강물을 끌어왔"(35쪽)다는 이야기나 부동산을 위해 하천에 독극물을 흘려보낸 평범한 가장의 이야기. 휠체어 경주와 프러포즈 이벤트가 벌어졌다가 비극으로 끝나는 이야기. 전기수傳奇叟와 검문소와 구루Guru가 등장하는 이야기. 하천의 시간은 부풀어 오르는 분자처럼 비일상과 일상을 오가며 걷잡을 수 허무맹랑해지다가도 한없이 핍진해지며 끝없이 늘어난다. 소설小說의 공간을 아주 작은 양자의 수준까지 끌고 내려간 김솔은 이 비결정론적 세계에서 사실과 가공, 진실과 거짓, 원인과 결과의 구분이 무의미하다는 공리를 아주 영리하게 수행한다.

하천을 사이에 둔 길의 건널목을 오가며 이야기가 지어질 때, 하천은 행간이 되고 이야기는 물을 사이에 둔 길 위의 모든 것이 된다. 이 천변에서 세상의 모든 역사가 등장할 때 근대의 역사는 어느새 뒤로 물러나며 전통적인 플롯의 체계를 이탈하고, "하천이 과거에서 미래로 흘러가는 게 아니라 미래에서 과거로 흘러오"(180쪽)며 시간의 선형성을 비틀어버린다. 그리고 그 이야기의 반복을 통해 우리는 "역사책의 두께가 점점 줄어들다가 결국 첫 페이지와 마지막 페이지가 같아"(180쪽)지는 극도로 납작하면서도 무한한 세계를 맛보게 된다. 물리학자들이 모래알 하나에서 양자적 무한을 엿보듯, 김솔은 종이 한 장처럼 얇은 여백 안에 담긴 무한한 이야기를 본다. 남자가 하천을 사이에 두고 영겁과도 같은 천변의 시간을 묘사한 바로 이 소설처럼.

3. 행간의 힘줄

우리는 다음 두 가지의 행간을 보았다. 첫 번째는 나와 너로 쪼개진 남자의 모순에 깃든 행간. 두 번째는 하천을 사이에 둔 시간의 행간. 남은 것은 서사의 행간이다. 이 세 가지의 행간은 분리되지 않은 채 함께 떨리고 요동치며 소설의 플롯을 이끌면서도 분절낸다. 이 사실을 소개하기에는 다소 늦은 감이 있지만, 『행간을 걷다』의 서사에서 중요하게 다루어지고 있는 것은 남자가 아내와 겪는 갈등이다. 남자는 결혼 이후 아내가 보여준 미운 행실을 토대로 자신이 죽은 뒤에 이어질 아내의 삶까지도 지나치게 관여하고자 하며, 이를 향한 집착은 그가 유산으로 남기는 두 개의 금고(좀 더 정확하게는 금고 안의 금고)로 함축된다. 이 금고의 설계에서조차 모순되는 것들이 공존함으로써 여러 갈래의 결말이 가능해지고, 이 비결정성의 원리는 아내의 운명에까지 침입해 그의 결말을 하나로 풀어주지 않는다.

문장, 문단, 서사의 차원까지 모조리 양자의 비밀을 품은 이 소설은 "진리는 문자에 담기지 않고 여백에 담기"며 "그 안에서 쉴 새 없이 진실이 요동"[4]친다는 책의 의미를 현시한다. 다시 말해 문자보다는 여백이, 여백보다는 그 안에 담긴 운동성이 진리에 더 가깝겠다는 것이다. 여기에서 중요한 사실 셋. 이 소설에서 행간이란 텅 빈 공허가 아니라 물질로 가득 찬 요란한 요새이며, 모순되

4) 김솔, 「말하지 않는 책」, 위의 책, 14-15쪽.

는 것들이 부글부글 끓는 채로 유지되는 시끄러운 침묵이다. 그러므로 남자가 걷는 행간은 한적하고 깊은 우물 같은 것이 아니라 시시때때로 주객과 시공간과 인과율을 끌어당기고 밀어내는 팽팽한 힘줄 같은 것이다. 성실한 노동자인 남자가 살인과 범죄를 일삼은 한 인간이라는 사실은 그가 헹거라는 자기 자신의 행간에서 벗어날 수 없음을 의미하며, 노동자로서의 그가 출퇴근을 위해 매일 걷던 하천변은 기계적 왕복을 따르는 길이 아니라 마르지 않는 무수한 이야기의 근원이 된다. 그렇게 이 소설은 남자가 자기 안의 모순으로 퇴행하듯, 이야기의 진행마저도 자꾸만 이야기 안으로 퇴행하는 기이한 균열을 현시한다. 행간의 장력 탓에 영원히 끝나지 않는 소설의 마법, 알레프의 저주이자 축복 같은 이 소설은 다시 하천의 이야기를 끌어내며 끝이 아닌 지속으로 마무리 지어진다. "매번 결말이 달라지는 꿈"(191쪽)처럼, "입구와 출구가 모두 없는 잠"(14쪽)처럼.

그렇다면 이 이야기의 진정한 끝은 어디일까. 전통적 플롯을 이탈해버린 이 소설의 결말은 책의 마지막 페이지에 있지 않다. 이야기가 시작되는 무한동력이 행간이라는 힘줄에서 추진되었다면, 이야기의 끝은 행간의 여백이 완전히 소멸되는 사건으로 종결되어야만 이치에 맞을 것이다. 이야기의 끝에서는 진실이 피어나는 틈새가 닫히고, 불확정적인 세계의 모순이 사라지며, 모든 일이 명료하고 단순해진다. 죽음이자 이야기의 소멸인 공간에서는 "새로운 시공간이 열리는 사건이 아니라 지난 삶을 무한히 반복해야 하는 징벌"(148쪽)만이 존재한다. 지난 것을 무한히 반복하는 징벌, 그 무시무시함은 우리를 시간이 멈추어버린 동어반복의 세계로 데려간다. "밤은 밤으로, 침묵은 침묵으로, 열기는 열기로, 빛은 빛으로, 허기는 허기로, 무위는 무위로, 꿈은 꿈으로, 공포는 공포로, 그리고 갈증은 갈증으로 이어지는 날"(189쪽)은 단 하나의 여백조차 허락하지 않는 무시무시한 감옥이라는 것을 김솔은 아주 잘 알고 있기에, 그는 이것을 죽음이라고 칭한다. 그렇다면 "우리는 상처가 너무 많아서 죽게 되는 게 아니라 오히려 너무 없어서 종말을 맞이"(167쪽)하기 쉽다는 문장은 우리의 생에 타자라는 모순과 상처의 계기가 반드시 필요하다는 관계적 진리가 된다. 시종일관 새로운 시공간을 열어젖히며 생의 기쁨을 조잘거리는 이 소설이 삶과 죽음에 대해 일설하는 바는 명징하다. 삶의 생동과 진실이 약동하는 림보, 모순이 요동치는 여백, 모든 순간의 코리스모스가 살아 숨 쉬는 행간이 존재해야만 우리는 살 수 있다는 것. 그런 이중성의 시공간을 사유하며 '행간을 걷다'라는 현재진행형의 문장을 시인처럼 말할 수 있을 때 우리는 동어반복의 세계를 벗어날 수 있다는 것. 그 특수한 양자적 진술의 세계야말로 모두에게 모순적이어서 공평한 이 시대의 보편적 정신이다.

작가의 말

2013년 정지돈의 단편소설 「눈먼 부엉이」를 읽고 사데크 헤다야트의 『눈먼 부엉이』(배수아 옮김, 문학과지성사, 2013년)에 대해 처음 알게 됐다. 하지만 내가 읽은 건 『눈먼 올빼미』(공경희 옮김, 연금술사, 2013년)였다. 젊은 배수아의 소설을 읽으면서 느꼈던 당혹감이 다시 꿈틀거렸기 때문이다. 미국판본에는 올빼미로, 독일판본에는 부엉이로 번역돼 있다는데, 사데크가 직접 그린 새 그림에는 귀뿔깃이 달려 있지 않은 걸 봐서 올빼미라고 번역하는 게 정확할 수도 있겠다. 2016년부터 청계천을 따라 출퇴근하면서 2017년 초고를 완성하고 출판사에 투고했지만 퇴짜를 맞았다. 2018년 11월 아침 종로5가 근처를 통과하다가 귀뿔깃이 선명한 부엉이를 발견하고 스마트폰으로 사진을 찍었다. 『눈먼 올빼미』를 다시 읽고 내 원고를 몽땅 뜯어고쳤다. 코로나 격리 기간 동안 두 차례의 퇴고까지 마치고 두 번째 투고해서 2023년 7월호 『현대문학』에 실었다. 출판사의 호의에 빚을 갚는 심정으로 다섯 번째 퇴고했다. 사데크 헤다야트의 위대한 소설이 지금까지 그의 모국에서 금서로 묶여 있다는 사실을 떠올리면, 이런 글을 쓰면서도 이토록 어쭙잖은 글을 세상에 내놓고도 작가라고 거드름 피울 수 있는 나는 참으로 운이 좋은 셈이지만 여기까지 따라온 독자들도 내 행운에 수긍할지는 모르겠다. 그저 부단한 정진을 약속할 따름이다.

2024. 4. 김솔

행간을 걷다

지은이 김 솔
펴낸이 김영정

초판 1쇄 펴낸날 2024년 4월 25일

펴낸곳 (주) 현대문학
등록번호 제1-452호
주소 06532 서울시 서초구 신반포로 321(잠원동, 미래엔)
전화 02-2017-0280
팩스 02-516-5433
홈페이지 www.hdmh.co.kr

ISBN 979-11-6790-253-5 04810
     978-89-7275-889-1 (세트)

* 책값은 뒤표지에 있습니다.

현대문학 핀 시리즈 소설선